FVA

Goderdsi Tschocheli

# DER SCHARLACH-ROTE WOLF

Roman

Aus dem Georgischen von Anastasia Kamarauli
Mit einem Nachwort der Übersetzerin

FRANKFURTER VERLAGSANSTALT

Der Bus erreichte die Stadt und tauchte in den Straßenverkehr ein.
Vor dem Universitätsgelände hatte sich eine lange Schlange gebildet. Am Eingang zum Campus befand sich ein kleines Wachhaus mit einem Drehkreuz daneben, das bei Bedarf blockiert werden konnte. Der Wachposten bestand aus drei Wachmännern. Sie alle trugen eine rote Armbinde, auf der ein Buchstabe prangte: »M« für Milizionär. Eine Scheibe trennte den Posten vom Drehkreuz, davor hing ein Schild: »Halt! Passierschein vorzeigen!« Das Drehkreuz war so konstruiert, dass bei jeder Drehung nur eine Person das Studentenviertel betreten oder verlassen konnte. Wurde es blockiert, kam man weder hinein noch hinaus. Jeder wurde von den Milizionären kontrolliert, so dass sich auf beiden Seiten eine große Menschentraube staute.
Luka, ein schlanker Junge von durchschnittlicher Größe, wahrscheinlich keine achtzehn Jahre alt, stand ebenfalls in der Schlange. Er hatte kurze, kastanienbraune Haare und schaute sich mit seinen blauen Augen etwas nervös um. Eine alte Frau kam auf ihn zu und bat ihn leise, fast flehentlich: »Genosse, kauf mir doch bitte zwei Päckchen Butter, wenn du reingehst, und wirf sie mir dann über den Zaun.«
Die Frau hielt ihm das Geld für die Butter hin. Er wusste

nicht genau, was er tun sollte, er war zum ersten Mal hier, doch die Art, wie die Frau ihn ansah, machte es ihm unmöglich, ihr die Bitte auszuschlagen. Die Frau bemerkte sein Zögern.
»Studenten bekommen die Butter dort vergünstigt«, flüsterte sie ihm fast entschuldigend zu.
Sie steckte Luka drei Rubel in die Tasche, dabei zitterte ihre Hand so stark, dass es sich auf ihren Oberkörper übertrug. Sie blickte sich nach allen Seiten um, als wollte sie sich vergewissern, dass es keiner gesehen hatte.
Inzwischen war Luka an der Reihe.
»Hey, du, kannst du nicht lesen?«, fuhr ihn der Milizionär an und blockierte das Drehkreuz, so dass Luka stecken blieb.
»Passierschein!«, brüllte er.
»Ich bin zum ersten Mal hier, ich habe noch keinen Passierschein.«
»Was willst du dann hier, ohne Passierschein?!«
»Ich sage doch, ich bin zum ersten Mal hier.«
»Junge, geh rein oder raus, du hältst uns alle nur auf!«, murrten die Wartenden hinter ihm.
»Aber ich habe eine Wohngenehmigung.«
Luka holte das Universitätsschreiben aus der Tasche.
»Zeig her!«, der Mann riss ihm den Brief aus der Hand.
»Ach, ein Schauspieler also?«, sagte er spöttisch.
»Lass ihn schon durch!«, rief der dritte Milizionär, der in der Ecke saß und Radio hörte.
»Sag ein Gedicht auf, dann kannst du passieren.«

»Ich kann aber keins auswendig.«
»Du willst ein Schauspieler sein und kannst noch nicht mal ein Gedicht aufsagen?«
Der Milizionär gab ihm das Schreiben zurück, und als Luka schon durch das Drehkreuz gegangen war, rief er ihm hinterher: »Hey, du Schauspieler, oder wofür du dich auch immer hältst, wehe, du lässt dich hier noch mal ohne Passierschein blicken!«
Der Laden war nicht weit vom Eingang entfernt, und so ging Luka hinein, kaufte die Butter und hielt Ausschau nach der Frau, die auf der anderen Seite des Zaunes geblieben war. Sie stand ein wenig abseits und winkte ihn zu sich.
Luka warf ihr die Butterpäckchen über den Zaun und fragte sie, wo das Gebäude Nummer zehn sei.
»Das Drittletzte«, sagte die Frau, und nachdem sie etwas gemurmelt hatte, das wie »Danke schön« klang, ging sie davon.
Luka blickte der Frau eine Weile hinterher. Sie wankte immer wieder und stützte sich auf ihren Gehstock. Irgendetwas an ihr kam Luka vertraut vor. Eine eigenartige, heimatliche Wärme ging von diesem gebeugten Rücken aus.
Bisher machte alles in der Stadt einen erhabenen und bedeutsamen Eindruck auf ihn. Vor zwei Wochen war er schon für die Aufnahmeprüfungen hier gewesen, doch hatte er damals nichts gesehen und nichts gehört – er hatte nur sein Ziel vor Augen, er wollte hier studieren, und nun war es so weit. Als er im Aushang der Universi-

tät seinen Namen auf der Liste derer las, die bestanden hatten, erschien es ihm, als hätte alles einen feierlichen Anstrich bekommen. Zurück in seinem Dorf kamen ihm sogar die Berge höher und majestätischer vor.

Die Stadt, die in ihm dieses hehre Gefühl hervorrief, erschien ihm einzigartig, erhaben und geheimnisvoll. Sie glich einer betörenden Frau, die Luka herbeilockte und ihm Glück verhieß.

Die alte Frau aber war kein Teil dieser Stadt, in ihren Schritten lag nichts Erhabenes. Wie eine mitten in einer harmonischen Melodie gerissene Saite schwang sie in Lukas Herz nach. Nein, diese Frau gehörte wahrlich nicht zu dieser Stadt, oder doch?

Luka drehte sich um und betrat das Gebäude, das die alte Frau ihm beschrieben hatte. In Zimmer Nummer 55 lag Merab Bakhia angezogen auf dem Bett, sein dicker Bauch ragte in die Höhe.

»Guten Tag«, grüßte Luka.

»Oh, guten Tag, werter Herr«, erwiderte Merab und richtete sich ein wenig auf.

»Mir wurde dieses Zimmer zugewiesen.«

»Aha, und von wo kommt der Herr?«

»Aus Gudamakari.«

»Wäre der Herr so nett, mir zu sagen, wo genau das liegt?«

»Hoch oben, in den Bergen.«

»Ach, wirklich? Und sagen Sie, isst man bei Ihnen die Zeitung eher gekocht oder gebraten?«

»Kommt ganz auf die Zeitung an«, antwortete Luka,

und sofort brach Merab in schallendes Gelächter aus. Luka stimmte mit ein.
»Und wie sieht's bei euch mit Schaschlik aus? Schaschlik?«
Merab hörte nicht auf, unsinniges Zeug zu reden und sich selbst köstlich darüber zu amüsieren.
Plötzlich klopfte es energisch an der Tür und zwei Milizionäre stürmten herein. Sofort verging den Jungen das Lachen. Den Milizionären folgten einige Komsomoler.
»Keiner von euch rührt sich!«, befahl einer der Milizionäre, und sie begannen, das Zimmer zu durchsuchen. Sie drehten die Matratzen um, rissen die Schranktüren auf, dann bemerkten sie eine leere Weinflasche und einer von ihnen fixierte Luka.
»Du, komm her!«
Luka ging zu ihm.
»Was ist das?«
»Eine Flasche.«
»Dass das eine Flasche ist, sehe ich selbst, du Grünschnabel. Schreib das auf!«, wies er seinen Kollegen an.
»Name?«
»Luka.«
»Und weiter? Oder glaubst du, du bist Zereteli höchstpersönlich?«
»Tschocheli. Und ich nehme mal an, dass Sie auch kein Tschawtschawadse sind.«
»Nun schau sich mal einer diesen Rotzlöffel an. Was anderes bringt man euch wohl nicht bei. Nicht umsonst sagt man wohl, dass man euch statt an der Brust eurer

Mutter an Peperonis nuckeln ließ. Immer dieses A-E-I-O-U, Ba-Be-Bi-Bo-Bu! Man muss schon ein Esel oder Affe sein, um bei euch zu landen.«

»Bei euch landen ja nur die Schweine, was bleibt uns Eseln und Affen dann anderes übrig?«

»Pass auf, was du sagst, Genosse! Wie redest du denn mit dem Milizionär?«, empörte sich der junge Komsomoler über Luka.

»Na warte, ich werde dir die nächsten Tage schon zeigen, was ein echtes Affentheater ist!«, drohte der Milizionär.

Zwei weitere Komsomoler kamen herein und drückten sowohl Merab als auch Luka einen kleinen Becher in die Hand.

»Na, worauf wartet ihr noch?«, trieb sie der stämmige Milizionär an.

»Bitte?« Luka hatte nicht begriffen, was sie von ihm wollten.

»Na los, macht da rein.« Der Milizionär zeigte auf den Behälter.

Luka war verwirrt.

»Genossen, tut einfach, was von euch verlangt wird«, drängte der Komsomoler.

»Wir sind uns noch nicht ganz sicher, was genau wir da reinmachen sollen«, sagte Merab scheinheilig.

»Wie meinst du das?«

»Na, ob groß oder klein.«

»Wir brauchen eine Urinprobe für die Analyse.«

Der Milizionär verlor langsam die Geduld.

»Dürfen wir das wenigstens auf der Toilette erledigen?«

»Nein, gleich hier, vor unseren Augen.«
»Und wenn's überläuft?«, fragte Merab mit gespielter Sorge.
»Jetzt reicht's! Schluss mit diesem Geschwätz, nun macht endlich«, befahl der Milizionär streng.
Luka schaute immer noch verwirrt, Merab signalisierte ihm, dass nichts zu machen sei, und so gaben sie nach. Die Komsomoler verschlossen die Behälter, beschrifteten sie und verließen mit den Beamten den Raum.
Die beiden Jungen blieben zurück, und während Merab weiter herumalberte, fühlte sich Luka gedemütigt und saß schweigend da.
»Mach dir nichts draus. Stell dir einfach vor, diesen Service würden wir jeden Tag bekommen. Jetzt müssen wir uns wieder selbst um unser Geschäft kümmern. Die werden das jetzt analysieren und feststellen, dass wir keine Drogen nehmen, und damit war's das auch. In der Zwischenzeit wirst du es längst vergessen haben.«
Merab versuchte, Luka aufzumuntern. »Hier, das ist dein Schlafplatz.« Merab zeigte auf ein leeres Bett, dann ließ er sich von Luka die Wohngenehmigung geben und sagte: »Komm mit, wir holen dir Bettwäsche.«
Als sie alles hergerichtet hatten, sagte Merab: »Komm, darauf stoßen wir an.«
»Worauf?«, fragte Luka.
»Na, auf unsere Freundschaft.«
Die Jungen verließen das Gebäude.
»Da in dem Haus ist die Irrenanstalt der medizinischen Fakultät«, erklärte ihm Merab auf dem Weg.

»Aaaauuuwuuf!«, bellte eine alte Frau wie ein Hund, als die Jungen an einem der Fenster vorbeigingen.
Sie verließen den Campus, betraten eine Kneipe und tauchten in den Zigarettenqualm ein.
»Ohne Passierschein werden die mich nicht wieder reinlassen«, sagte Luka auf dem Weg zurück.
»Ich nehm nie den Eingang«, sagte Merab. »Ich hab zwar einen Passierschein, aber wer stellt sich da schon an?«
»Und wie kommst du dann rein?«
»Komm mit, ich zeig's dir.«
Merab führte ihn um den Campus herum. An einer Stelle des Zaunes, gegenüber von ihrem Gebäude, schoben sie den Drahtzaun auseinander, schlüpften hindurch und schlossen den Zaun wieder hinter sich.
Im Zimmer angekommen, legten sie sich hin.
»Die anderen sind nach Hause gefahren«, sagte Merab.
»Welche anderen?«
»Hier wohnen noch zwei.«
Es klopfte wieder an der Tür. Merab öffnete.
Ein Mann in Militäruniform fragte: »Na, meine Herren, wie geht's?«, und trat ein.
»Danke, gut, Herr Ausbilder.«
»Der Dekan schickt mich, um nach dem Rechten zu sehen. Ist bei euch alles in Ordnung?«
»Ja, alles bestens.«
»Ist der neu?«
»Ja, erstes Semester, Schauspiel«, antwortete Luka.
»Angenehm. Sie werden bei mir Ihren Militärunterricht

absolvieren. Dieses Jahr noch nicht, aber dafür nächstes Jahr. Woher kommen Sie?«
»Aus einem Dorf in den Bergen.«
»Dann sollte ja ein guter Soldat aus Ihnen werden. Und sobald Sie erst mal ein guter Soldat sind, werden Sie es auch zum Schauspieler bringen, oder zum Poeten. Wer noch kein Schießpulver gerochen hat, der ...«
Das Gesicht des Mannes wurde plötzlich aschfahl und er setzte sich auf Lukas Bett. Merab lief sofort los, um Wasser zu holen, doch noch bevor er zurück war, hatte der Mann seinen letzten Atemzug getan.
Das Zimmer füllte sich mit Menschen. Man brachte den Leichnam weg, und der Raum leerte sich wieder. Luka saß da und dachte nach. Merab kam erst spät zurück und legte sich gleich hin. Luka starrte noch immer auf sein Bett.
»Kannst du nicht schlafen?«, fragte Merab.
»Mir ist nicht nach schlafen.«
»Du hast doch keine Angst?«
»Nein.«
»Warum legst du dich dann nicht hin?«
»In diesem Bett werde ich keinen Schlaf finden.«
Merab stand auf: »Nimm meins. Du kannst froh sein, dass er in deinem Bett gestorben ist. Jetzt brauchst du keine Angst mehr vor dem Tod zu haben.«
»Wieso das denn?«
»Weil sich der Tod seine Seele schon geholt hat und er kein zweites Mal an den selben Ort zurückkehrt. In diesem Bett kann dir also nichts mehr passieren.«

Sie schwiegen eine Weile.
»Hast du Hunger?«, fragte Merab.
»Nein, nicht wirklich.«
»Ich schon. Lass uns etwas essen.«
»Wo willst du jetzt noch etwas zu essen auftreiben?«
»Unter uns wohnt ein Sänger, der darf nichts Scharfes essen. Seine Familie schickt dem armen Kerl aber nur scharfes Zeug.«
Merab holte einen hölzernen Haken unter dem Bett hervor, öffnete das Fenster, angelte damit nach einem bis zum Rand gefüllten Fresskorb, der ein Stockwerk tiefer auf der Fensterbank stand, und zog ihn nach oben. Aus einem kleinen Tongefäß löffelte er Bohneneintopf und brach einen Laib Brot entzwei. Die eine Hälfte legte er auf den Tisch, die andere tat er wieder zurück in den Korb. Dann zog er noch einen zusammengefalteten Zettel heraus, auf dem unzählige Male »Danke« stand – jedes mit Datum und Uhrzeit versehen – und fügte ein weiteres »Danke« hinzu, ebenfalls mit Datum und Uhrzeit, faltete den Zettel wieder zusammen und steckte ihn zurück in den Korb, den er an dem Haken auf das untere Fensterbrett hinabließ.
Plötzlich brach draußen Tumult aus. Die Jungen schauten hinaus, der schmale Flur füllte sich bald mit weiteren Schaulustigen. Einer der Studenten hatte sich einen Spaß daraus gemacht, einer Katze eine Blechdose an den Schwanz zu binden, und jagte das arme Tier nun vor sich her. Die Katze war trächtig, konnte kaum laufen und schaute verängstigt. Sie nahm ihre ganze Kraft

zusammen, lief bis zum Ende des Flurs, kauerte sich in eine Ecke und miaute kläglich. Ihr Peiniger aber rannte ihr hinterher und trieb sie von einem Ende des Flurs zum anderen.

»Miez, Miez, Miez!«, rief er immer wieder.

Luka ging auf ihn zu.

»Lass es lieber«, riet ihm Merab.

Aber Luka ließ sich nicht aufhalten.

»Lass ihn doch einfach. Er wird dich vermöbeln«, versuchte Merab ihn vergeblich zurückzuhalten.

Luka ging auf den Jungen zu: »Lass die Katze in Ruhe.«

»Klar, ich lasse sie laufen, dafür binden wir dir die Dose um. Aber auch nur, wenn du damit hundert Mal hin- und zurückläufst. Und wehe, du hast keinen Schwanz, an dem wir das Ding festmachen können.«

»Lass das arme Tier in Ruhe, es hat dir nichts getan«, wiederholte Luka ruhig.

Alle Augen waren auf sie gerichtet. Die Stimmung im Flur war angespannt, gleich würde etwas passieren.

Der Tierquäler schien betrunken zu sein, er hatte glasige Augen und atmete schwer.

»Ich soll die Katze also gehen lassen?!«, brüllte er und holte so energisch aus, dass es Luka auf der Stelle umgehauen hätte, wäre er nicht rechtzeitig ausgewichen.

Luka packte ihn unter den Armen, warf ihn über seine Schulter und rannte los – hin und her, hin und her. Der Junge wusste nicht, wie ihm geschah, und strampelte mit den Beinen, während die Schaulustigen in schallendes Gelächter ausbrachen. Luka trug seinen Wider-

sacher hinaus, bis auf den Hof, zum Drehkreuz und rief dem Wachmann zu, er solle ihn passieren lassen. Auf der Straße warf er seine Last in einer dunklen Ecke, in der einige Bäume standen, wie einen Sack auf den Boden und sagte seelenruhig:
»So, hier sind wir allein. Jetzt können wir das unter uns klären. Von Mann zu Mann.«
Sein betrunkener Gegner stand schwerfällig auf, klopfte sich die Hose ab und trat mit eingezogenem Kopf den Rückzug an. Luka betrat den Campus wieder durch das Drehkreuz. Der Wachmann fragte ihn nicht mehr nach dem Passierschein, sondern sah ihn nur verdutzt an, brachte aber schließlich doch noch ein paar Worte hervor:
»Ach, sieh einer an, der Theaterclown!«
Luka antwortete nicht, sondern beobachtete, wie die Katze in der Dunkelheit in dieselbe Richtung wie ihr Peiniger verschwand. Dieser Tag hatte ihm wirklich nichts Gutes gebracht.

»Trink!«, drängte Merab Luka.
»Nein, ich kann wirklich nicht mehr.«
»Trink schon!«, sagte ein anderer.
»Ich muss zur Vorlesung.«
»Ja, ja, zur Vorlesung.«
Merabs Freund versuchte, ihm den Wodka aufzuzwingen.
»Ich komm gleich wieder«, sagte Luka.
»Wo willst du hin?«

»Ich geh zur Uni und komm dann gleich zurück.«
»Schau mal, ob du dir Geld leihen kannst.«
»Mach ich.«
Durch die dichte Rauchwolke, die im Lokal umherwaberte, bahnte sich Luka seinen Weg zur Garderobe.
»Mein Mantel hängt auf der Fünfzehn. Meine Freunde haben die Nummer.«
»Der hier?«
»Nein.«
»Und dieser?«
»Auch nicht.«
»Da ist aber kein anderer Mantel auf der Fünfzehn.«
Luka ging zurück zu den Jungs.
»Mein Mantel ist weg.«
»Wahrscheinlich hat ihn jemand mitgehen lassen. Was soll's, mein Freund, so was passiert nun mal«, feixten die Jungs.
Nur mit einem Hemd bekleidet lief Luka auf die Straße. Draußen lag Schnee, es war kalt und windig.
Auf dem Weg kam er an der Heilanstalt vorbei. Just in diesem Moment hörte er die Frauenstimme aus dem Fenster bellen – »Auuuwuuuf!« – gefolgt von einem Schwall kaltem Wasser, der sich über ihn ergoss.
Luka blieb wie angewurzelt stehen, er wusste nicht, was er machen sollte. Die anderen Insassen liefen an die Scheibe und lachten ihn aus.
Der Wind blies, es fror.
Bibbernd und nass bis auf die Knochen betrat Luka den Theatersaal der Schauspielakademie. Irina, eine

Kommilitonin, stand auf der Bühne und rezitierte ein Gedicht. Durch die plötzliche Wärme, die ihn umfing, wurde es Luka ein wenig schwindelig und er sah Irina doppelt. Er hielt sich ein Auge zu und rief: »Irinaaaa!«

Irina verstummte.

»Irinaaa!«

»Was willst du, Luka?«

»Ich liebe dich, Irina!«

Im Saal brach Gelächter aus.

Zwei Jungen brachten ihn sogleich aus dem Gebäude in eine dunkle Ecke. Dort fragte ihn einer der beiden: »Du liebst sie also?«

»Ich liebe sie.«

Sofort traf ihn ein Schlag ins Gesicht, so hart, dass er bewusstlos zu Boden fiel. Die Jungen traten mit den Füßen auf ihn ein, dann schütteten sie ihm einen Eimer Wasser über, um ihn wieder zu Bewusstsein zu bringen.

...

Luka lag in seinem Bett und zitterte.

Merab versuchte, ihn zu wärmen, und hatte mehrere Mäntel über die Bettdecke gelegt. Der Arzt kam herein und untersuchte ihn.

»Wir sollten dich lieber ins Krankenhaus bringen. Wie lange liegst du denn schon im Bett?«, fragt er Luka.

Merab antwortete für ihn: »Seit einer Woche.«

Sie zogen ihn an und nahmen ihn mit.

Vor dem Drehkreuz hatte sich wieder eine lange Schlange gebildet.

Der Krankenwagen raste mit Blaulicht davon.

Das Erste, was ihm auffiel, als er ins Krankenhaus kam, war der verwinkelte Flur, in dem Tische standen, an denen die Patienten aßen. Neugierig beäugten sie den Neuankömmling.

»Bring ihn in die Fünf. Da ist noch Platz«, sagte der Arzt zur Krankenschwester.

»Komm, mein Junge.« Die Schwester nahm sich seiner an.

Die meisten Krankenzimmer hatten Verbindungstüren. Als sie in die Vier kamen, fragte die Krankenschwester:

»Hängst du an der Nadel?«

»Was?«

»Oder rauchst du Gras?«

»Was für Gras?«

»Die werden dich schon dazu bringen.«

»Wer sind die?«

»Die aus der Fünf«, flüsterte sie und sah sich um. »Da liegen nur solche. Alle mit chronischer Tuberkulose. Dass sie es selbst rauchen, reicht denen nicht, sobald sie einen in die Finger kriegen, machen sie ihn auch kaputt.«

»Schwester?«

»Ja, mein Junge?«

»Ist sonst nirgends ein Bett frei?«

»Leider nein. Einer aus der Fünf ist heute gestorben, sein Bett ist frei geworden.«

»Kann ich nicht eins in der Vier bekommen?«

»Wie denn? Du siehst doch, hier gibt es nur fünfzehn Betten.«

Luka nahm zehn Rubel aus der Tasche und steckte sie ihr zu.
»Mehr habe ich nicht bei mir. Wenn ich wieder auf die Beine komme, gebe ich dir mehr, nur steck mich da nicht rein.«
Aus der Fünf kam ein Mann mit rasiertem Schädel und ging zum Essen auf den Flur.
»Ich spreche mal mit dem Arzt.« Sie ging weg.
Kurz darauf kamen zwei Männer mit einem Metallbett herein und quetschten es zwischen zwei andere Betten, so dass kein Platz mehr dazwischen blieb. Dann wiesen sie Luka an, sich hinzulegen, und rieten ihm, sich zu schonen.
Nach dem Essen strömten die Kranken wieder in die Zimmer. In den Betten neben Luka lagen jetzt zwei alte Männer – einer rechts, der andere links. Der Linke war eigentlich gar nicht so alt, eher mittleren Alters. Er schaute Luka eindringlich an, dann fing er an zu schreien.
»Hilfe, Hilfe, er will mich umbringen.«
Niemand rührte sich.
»Hilfe!«, schrie der Alte, den man Suren nannte.
Mehrere Krankenpfleger stürmten herein. Nur mit Mühe konnten sie ihn beruhigen.
»Er will mich töten! Sie haben ihn geschickt, um mich zu töten.« Er zeigte auf Luka. »Er hat ein Messer! Ein Messer!«
»Immer mit der Ruhe. Keine Angst, er hat doch gar kein Messer.«

»Schaut nach!«
Die Krankenpfleger taten so, als würden sie Luka abtasten.
»Und, hat er eins?«
»Nein, nein. Keine Angst.«
»Er wird mich also nicht töten?«
»Du siehst doch, er kann sich kaum bewegen. Warum sollte er dich überhaupt töten wollen?«
»Sie haben ihn geschickt.«
»Ist ja gut. Beruhig dich wieder.« Die Krankenpfleger gaben ihm seine Medikamente.
Als er sich wieder beruhigt hatte, fragte er Luka leise:
»Und du hast wirklich kein Messer?«
»Nein.«
»Und du willst mich wirklich nicht umbringen?«
»Nein.«
»Und du wirst mir nicht die Kehle durchschneiden, wenn ich schlafe?«
»Nein, da brauchst du keine Angst zu haben.«
»Willst du mein Freund sein?«
»Wenn du willst.«
»Du passt doch auf mich auf, oder?«
»Wie soll ich das denn anstellen?«
»Du siehst doch den Kurden da drüben, im dritten Bett.«
»Ja.«
»Der ist bestimmt von denen geschickt worden.«
»Von wem?«
»Von denen. Der soll mir die Kehle aufschlitzen. Du passt doch auf mich auf, wenn ich schlafe, oder?«

»Ja klar.«
»Dann schlaf ich jetzt. Seit einer Woche habe ich nicht mehr geschlafen.«
Keine Minute später gab Suren schon ein lautes Schnarchen von sich. Allmählich wurde es ruhig im Krankenzimmer.
»Albert!«, rief jemand von der Straße aus.
Ein junger Mann, ziemlich klein, richtete sich in seinem Bett auf und schaute aus dem Fenster.
»Gleich!«, rief er hinunter, zog sich an, deckte das Bett so zu, als würde noch jemand darin liegen, und seilte sich an einem Strick, der am Fensterbrett befestigt war, ab.
Sein Bettnachbar wickelte das Seil wieder auf und versteckte es. Aus der Fünf kam der Kahlkopf, schlich leise zu Luka und flüsterte ihm ins Ohr:
»Man ruft nach dir.«
»Wer?«
»Der Chef.«
»Ich darf nicht aufstehen.«
»Du darfst, wenn man es dir befiehlt. Das ist ein Befehl, also komm mit.«
Luka ging mit.
In der Fünf wurde Karten gespielt. Die Männer schienen Luka, der in der Tür stand, gar nicht zu bemerken.
»Rauchen oder spritzen?«, fragte der Chef.
»Ich rauche nicht, ich darf nicht.«
»Du bist mir ja einer. Bist du schon lange hier?«
»Ich wurde heute eingeliefert.«

»Dann lass uns zur Feier des Tages einen rauchen.«
»Ohne mich.«
»Was? Was? Was?«
Einer zeigte ihm eine lange Spritze.
Jemand steckte seinen Kopf aus der Vier herein und zog sich sofort wieder zurück. »Die Nachtschwester kommt.«
»Schnell, hau ab!«, befahl der Chef.
Luka ging zurück zu seinem Bett und legte sich hinein.
Die Nachtschwester lief vorbei und verschwand wieder.
Aus der Fünf kam wieder der Bote zu ihm.
»Hast du Knete?«, flüsterte er.
»Nein.«
»Kriegst du morgen Besuch?«
»Bitte?«
»Ob dich morgen jemand besuchen kommt.«
»Ich weiß es nicht.«
»Wenn ja, knöpf denen was ab. Verstanden?«
»Verstanden.«
Der Bote ging zurück ins andere Zimmer.
Die anderen Patienten schliefen. Auch der Alte neben Luka schlief tief und fest.
Luka lag da und dachte nach. Doch eigentlich konnte man es kaum denken nennen. Er erinnerte sich an Dinge, die ihm sonst nie in den Sinn kommen würden. Diese Nacht glich auf eigenartige Weise jener anderen Nacht.
Damals war er noch klein. Er ging noch nicht mal zur Schule oder gerade mal in die erste Klasse, das wusste er nicht mehr so genau. Damals kam er zum ersten Mal

ins Krankenhaus. Er hatte mit seinen Freunden auf dem Dorfhang Verstecken gespielt, und als er an der Reihe war, wurden ihm die Augen verbunden. Die anderen Jungen versteckten sich. Eine alte Frau hatte auf ihrem Dach, das mit dem Hang darüber auf gleicher Höhe lag, Weizen zum Trocknen ausgelegt und passte auf, dass weder die Hühner noch andere Vögel etwas davon stibitzten. Weil er nichts sehen konnte, lief Luka aus Versehen auf das Dach.

»Wo läufst du denn hin?«, keifte die alte Frau.

Luka wollte die Augenbinde abnehmen, aber das war gegen die Spielregeln, darum sagte er:

»Ich kann nichts sehen. Wo muss ich denn lang?«

»Ein Stück zur Seite und dann weiter geradeaus.«

Luka folgte ihrer Anweisung und bewegte sich tastend voran.

»Weiter, weiter!«

Luka lief weiter.

»Weiter, weiter!«, rief die alte Frau.

Plötzlich hatte er keinen Boden mehr unter den Füßen und fiel. Er schlug mit dem Kopf auf und sogleich rann ihm Blut über das Gesicht. Er sah Sterne und fing an zu weinen. Seine Mutter eilte herbei, nahm ihn in den Arm und tastete seinen Kopf ab.

Damals bekam Luka zum ersten Mal ein großes Stück Kandiszucker von der Nachbarin. Am nächsten Tag brachte man ihn in das Krankenhaus des Rajons. Luka lag mit drei Männern im Krankenzimmer, die sich allerlei Geschichten erzählten.

Einer sagte: »Es gibt kaum noch ein Volk, das sich nicht nach dem Tod aller Christen sehnt. Heute ist einer dieser besonderen Tage, an denen sie ihren Durst nach christlichem Blut stillen.«

Luka war zum ersten Mal außerhalb seines Dorfes – mit fremden Menschen in einer fremden Umgebung. Das, was da eben gesagt worden war, hatte er nicht ganz verstanden, aber er dachte sich, dass der Mann vielleicht selbst einer von denen sei und er ihm, sobald er eingeschlafen war, den Kopf abhacken würde, um den Feinden der Christen sein Blut zu bringen.

Im Krankenzimmer schliefen alle.

Luka aber versuchte, wach zu bleiben.

Er schlummerte ein.

Riss die Augen wieder auf.

Er wehrte sich gegen die Müdigkeit.

Schlafen und Wachen kämpften gegeneinander an.

Er schlief ein.

Er träumte, dass er in seinem Dorf war und auf den Dächern spielte. Plötzlich flatterten Tauben auf und die Glocken begannen zu läuten. Aus der Kirche, die oberhalb des Dorfes stand, trat ein alter Mann mit weißem Haar und weißem Bart, sogar seine Kleidung war weiß. Auf einen weißen Gehstock gestützt lief er hinunter ins Dorf.

Seine Freunde liefen davon.

Luka wollte hinterher, doch er konnte nicht, seine Füße waren wie festgewachsen.

Der alte Mann kam auf ihn zu, legte seine Hand, die

weiß wie Schnee war, auf seinen Kopf, gab ihm eine Blume und sagte:
»Hab keine Angst, mein Junge. Geh, lauf.«
Luka lief los.
Er wachte auf.
Es war schon hell.
Der Arzt betrat das Zimmer ...
»Er hat ein Messer! Ein Messer!«, schrie Suren und sprang auf. »Hilfe!«
Nun war auch das ganze Zimmer auf den Beinen.
Suren war nur schwer zu beruhigen.

Es war früh am Morgen, die Patienten warteten auf ihre morgendlichen Spritzen. Luka stand auf, um sich das Gesicht zu waschen. Als er sich vorbeugte, begann seine Nase zu bluten und wollte gar nicht mehr aufhören. Die Krankenschwester legte ihn vorsichtig auf den Rücken. Im Zimmer waren nur noch Domenti und er selbst, die anderen frühstückten auf dem Flur.
»Weißt du, wer ich bin?«, fragte Domenti Luka. »Ich bin der Polizeimajor. Na ja, ich war es.« Domenti fing an zu husten.
Der Laufbursche aus der Fünf kam herein. Er ging zu Domenti ans Bett und sagte: »Na, Onkel Domenti, hast du immer noch Husten?«
»Sieht so aus, mein Junge.«
»Bin gleich wieder da«, sagte der Laufbursche und kam kurz darauf mit einem Gläschen Schnaps wieder, den er Domenti zu trinken gab. Diesem blieb augenblicklich

die Luft weg und er ließ sich ächzend auf sein Kissen fallen.
»Pscht!« Der Bursche legte den Finger auf die Lippen und lief hinaus, um einen Arzt zu holen. Aber bevor er wieder zurück war, hatte Domenti schon seinen letzten Atemzug getan. Mehrmals rief der Arzt seinen Namen, doch da war nichts mehr zu machen. Sein Körper war schwer wie Blei, sie hatten Mühe, ihn aus dem Zimmer zu tragen.
Suren kam hereingelaufen. »Weißt du, wer da ist?«
»Nein. Wer denn?«, fragte Luka zurück.
»Der irre Akaza, der vorher hier lag. Er ist wieder da.«
Schon im Flur wurde der zwanzigjährige Akaza von den Patienten freudig empfangen. Sie folgten ihm ins Krankenzimmer, wo er sich auf Domentis Bett niederließ.
»Und, hast du's noch drauf?«, fragten ihn die Patienten herausfordernd.
»Klar hab ich's noch drauf«, erwiderte er.
»Unsinn, du kannst es bestimmt nicht mehr«, stichelte einer.
»Wie, ich kann's nicht mehr?!«
»Du kannst es nicht mehr.«
»Wetten?«
»Um was?«
»Wenn ich's schaffe, kriege ich den Honig«, Akaza stieg auf das Kopfteil des Metallbettes und versuchte, das Gleichgewicht zu halten.
Die Patienten starrten ihn gebannt an, es war mucks-

mäuschenstill. Auch die Patienten aus der Fünf steckten die Köpfe herein.
»Und, hab ich's noch drauf?!«, fragte Akaza mit geschwollener Brust, nachdem er eine Minute lang das Gleichgewicht gehalten hatte.
»Ja, allerdings.«
»Hier!« Akaza ließ die Hose runter und präsentierte seinen nackten Hintern. Die Patienten belohnten ihn mit Applaus. Der Verlierer der Wette brachte ihm den Honig und Akaza schleckte genüsslich davon.
»Tschocheli, du hast Damenbesuch«, meldete ein Krankenpfleger. »Soll ich sie reinbringen?«
»Bring sie rein, bring sie rein!«, riefen die Patienten im Chor, verstummten aber sogleich wieder, als eine hübsche junge Frau hereinkam und Luka auf die Wange küsste.
»Du solltest mich lieber nicht küssen«, sagte er.
»Red keinen Unsinn«, sagte sie, legte ihm einen Veilchenstrauß aufs Bett und holte ein großes Fresspaket aus der Tasche.
»Hast du es Mutter gesagt?«, fragte er.
»Nein, noch nicht.«
»Brauchst du auch nicht.«
»Fräulein, Sie dürfen nicht länger bleiben. Die fünf Minuten sind schon um«, sagte der Krankenpfleger.
Sie küsste Luka noch einmal und ging.
Alle sahen Luka an.
»Wer war das?«, fragte ein Patient mit blonden Haaren, den alle Vasja nannten.

»Meine Schwester.«
»Was für ein Prachtweib!«, sagte Vasja.
Alle verstummten.
»Du bist ein Hurensohn, Vasja.«
»Du nennst mich einen Hurensohn, du Hund?« Vasja wandte sich Luka zu. »Würdest du nicht im Bett liegen, würd ich dir schon zeigen, wer hier der Bastard ist!«, brüllte Vasja.
»Wart's ab, wenn ich wieder aufstehen kann ...«
»Du wirst nie wieder aufstehen, dafür werde ich schon sorgen«, drohte Vasja.
Der Arzt betrat das Zimmer und sofort wurde es still.
»Meine Herren, es ist Zeit für den Mittagsschlaf.«
Gehorsam gingen die Männer ins Bett.
Als der Arzt gegangen war, lief Albert zu einer Tür, die früher als Durchgang zum Patientenzimmer Nummer drei genutzt wurde, jetzt jedoch abgeschlossen war. Im Zimmer Nummer drei waren die weiblichen Patienten untergebracht. Albert zog ein zusammengefaltetes Stück Papier aus dem Schlüsselloch und sah hindurch. Hinter der Tür zogen sich einige Frauen gerade um. Die Männer stellten sich in einer Reihe auf und betrachteten nacheinander ihre Nachbarinnen. Anschließend stopften sie das Guckloch wieder zu und legten sich ins Bett.
Als die Mittagsruhe vorüber war, gingen die meisten wieder auf den Flur. Luka blieb allein im Krankenzimmer. Mit einem breiten Grinsen kam Akaza wieder herein und hielt eine Packung Medikamente hoch.

»Weißt du, was das ist?«, fragte er Luka.
»Nein.«
»Das ist ein ganz bestimmtes Medikament. Solche wie ich werden damit behandelt. Eine Tablette davon reicht schon, um einen Hund zu töten. Weißt du, wozu ich es brauche?«
»Um gesund zu werden?«
»Gesund werden? Ach was, das wird nichts mehr. Nein, nein, ich muss rüber. Zehn würden schon reichen für die Reise, ich nehme aber zwanzig. Warum geizig sein? Ich hab ja genug. Ich hab's der Schwester geklaut. Die hat es gar nicht mitgekriegt.« Er legte den Finger an den Mund. »Pschhht!« – und ging aus dem Zimmer.
Zwei junge Patienten betraten das Zimmer. Sie stellten zwei Hocker auf Surens Bett, breiteten ein Bettlaken darüber aus, nahmen Lukas Veilchenstrauß und legten ihn auf den »Sarg«. Dann setzten sie sich und hoben ihr Wehklagen an. Als Suren mit den anderen Patienten hereinkam und auf sein Bett blickte, fragte er ängstlich:
»Wer ist denn gestorben?«
»Du«, sagten die Wehklagenden.
»Ich?«
»Ja. Dir wurde die Kehle durchgeschlitzt.«
»Aber ich lebe doch noch.« Er betastete seinen Hals.
»Du lebst nicht mehr. Du liegst mit aufgeschlitzter Kehle hier in diesem Sarg.«
»Wirklich?«
»Wirklich.«
Suren kniete sich neben das Bett und erstarrte.

Der Arzt kam herein. »Was soll das?«
»Das ist mein Leichnam«, antwortete Suren.
»Was ist denn mit dir passiert?«
»Mir wurde die Kehle aufgeschlitzt.«
»Komm mal mit.« Der Arzt führte ihn hinaus.
Als alle schliefen, kam Suren auf Zehenspitzen wieder herein und legte sich in sein Bett.
»Scheint, als wäre ich doch noch am Leben. Aber sag das bloß keinem, sonst schneiden die mir noch wirklich die Kehle durch, okay?«
»Okay«, sagte Luka.
Dann schliefen sie ein.
»Hiiilfeee!«, schrie Suren im Morgengrauen.
Das ganze Zimmer wurde wach.
Suren starrte auf Akazas Bett und zitterte.
Akazas Augen waren weit aufgerissen und sein Mund stand offen. In der Hand hielt er eine Medikamentenpackung. Auch dieser Körper war schwer wie Blei, wieder hatten sie Mühe, ihn hinauszutragen. Sein Bett bekam ein Aserbaidschaner.
Merab Bakhia kam, um Luka zu besuchen.
»Sei vorsichtig, ich befürchte, der Tod neigt doch zur Gewohnheit«, sagte Luka.
»Was meinst du?«
»Nach der Sache mit dem Militärausbilder, du weißt schon, da hast du doch in meinem Bett geschlafen. Mach das bloß nicht wieder. Es ist nicht sicher.«
»Wieso das denn?«
»Er neigt zur Gewohnheit!«

»Wer?«
»Na der Tod.«
»Und woran gewöhnt er sich?«
»An den Ort.«
»Woher willst du das wissen?«
»Schau, in diesem Bett sind schon zwei gestorben. Und jetzt liegt hier dieser Aserbaidschaner.«
»Vielleicht stirbt er ja nicht.«
»Wer weiß?«
»Hier, dein Geld.«
»Was für Geld?«
»Das ist von Temur. Er hat damals deinen Mantel mitgehen lassen und ihn dann verkauft.«
»Nimm du es. Ich will es nicht.«
»Ich lass es dir da.« Merab legte ihm das Geld unter das Kopfkissen und verließ das Zimmer.

Die Patienten gingen hinunter in den Hof, um sich die Beine zu vertreten. Luka folgte ihnen. Sie drehten einige Runden um das Krankenhaus. Allerdings beachteten sie dabei eine imaginäre Grenze, die ihren Teil des Hofes von dem der Kinder trennte. Die Erwachsenen blieben immer auf dieser und die Kinder auf der anderen Seite. Sie schauten sich gegenseitig wortlos an.
Im Hof stand ein Baum, in dessen Rinde jeder Patient seine Kerben einritzte. Auch jetzt fügte jeder der Männer eine weitere hinzu, so auch Luka.
»Oh, so lange bist du schon hier?«, staunte Suren.

»Ja, zwei Monate schon.«
»Schau mal, wie viele der schon hat.« Suren zeigte auf die Kerben eines Kurden. »Die Kinder haben auch so einen Baum.«
»Ist der auch voller Kerben?«
»Ja.«
Über den Hof wurde ein hübsches, etwa sechzehnjähriges Mädchen geführt und zu ihrem Zimmer im ersten Stock gebracht.
Die Männer liefen hinein und positionierten sich vor dem Guckloch der Tür, die von der Vier zur Drei führte.
»Und, zieht sie sich aus?«, fragte Suren.
»Schhhhhh!«, mahnte der, der gerade durchs Schlüsselloch sah. »Der Arzt untersucht sie gerade.«
Anschließend konnte jeder von ihnen einen Blick auf die nackte Brust des Mädchens werfen.
»Was für eine Schande!«, sagte einer. »Ausgerechnet so eine Schönheit.«
Dann kam auch noch eine Gruppe aus der Fünf und stellte sich vor der Tür auf.

Die Patienten waren im Flur beim Essen. Der Laufbursche aus der Fünf ging zu dem schönen Mädchen und flüsterte ihr ins Ohr: »In der Fünf liegt ein entfernter Verwandter von dir. Er kann nicht aufstehen und bittet dich, nach ihm zu schauen.«
Das Mädchen folgte ihm. Als sie an der offenen Tür der Vier vorbeikamen, legte der Bursche den Finger an die

Lippen, um Luka zu signalisieren, den Mund zu halten und ihn nicht zu verpfeifen. Kurz darauf hörte man einen gedämpften Schrei aus der Fünf.
Luka stand auf und schaute nach. Zwei Männer hielten das Mädchen fest, sie hatten ihr das Kleid hochgezogen, und der Dritte versuchte, sie zu vergewaltigen.
Luka stürzte sich auf die Männer.
Es gab eine Prügelei.
Mehrere Ärzte stürmten ins Zimmer.
Noch am gleichen Tag wurden die drei Männer in einen anderen Bereich verlegt. Ihre Zimmergenossen sagten nichts. Sie blickten Luka nur mürrisch an, es war nicht zu übersehen, dass etwas in der Luft lag ...

Es regnete.
Die Patienten klebten mit ihren Gesichtern an den Fenstern.
Im Hof lief das hübsche Mädchen vorbei.
»Sie ist doch nicht krank«, sagte einer enttäuscht.
»Warum war sie dann hier?«
»Man hat nur ein paar Untersuchungen gemacht, es wurde aber nichts gefunden.«
Das Mädchen verließ das Krankenhausgelände.
Es regnete.
Der Arzt ordnete Mittagsruhe an und alle gingen ins Bett.
»Luka, deine Schwester wartet am Ende des Flurs«, rief der Krankenpfleger.
Diesmal gab Luka ihr auch einen Kuss, denn er war

wieder gesund. Seine Schwester hatte ihm erneut Blumen mitgebracht und versorgte ihn auch diesmal mit Essen. Kaum dass sie alles für ihn ausgepackt hatte, verabschiedete sie sich auch schon, bevor sie ging, fragte sie ihn aber noch: »Musst du noch lange bleiben?«

»Nein, ich bin ja wieder gesund. Ich weiß aber noch nicht, wann ich entlassen werde.«

Dann ging sie.

Luka legte sich im Bett zurecht und sah aus dem Augenwinkel, dass Vasja ihm zuzwinkerte und eine obszöne Geste machte.

Luka und Vasja fielen übereinander her.

Mal lag der eine auf dem Boden, mal der andere. Da Mittagsruhe war, kam niemand, um sie zu trennen.

Zum Schluss lag Vasja unten und Luka schlug so lange auf ihn ein, bis er nicht mehr konnte.

Vasja blutete aus der Nase.

Luka rannte aus dem Krankenhaus.

Er lief zwischen die Autos.

Er konnte nicht aufhören zu laufen, er glaubte, alle Teufel seien hinter ihm her.

Schließlich blieb er stehen und überlegte, wohin er nun gehen sollte. Erst jetzt schaute er an sich hinunter und bemerkte, dass er immer noch seine Krankenhauskluft trug. Luka schlüpfte durch das Loch im Drahtzaun auf den Campus, aber das Gebäude Nummer zehn konnte er nicht mehr finden. Man sagte ihm, dass die Gebäude Nummer acht und Nummer zehn aufgrund von Baufälligkeit abgerissen worden seien.

Luka lief zurück auf die Straße, hielt ein Taxi an und bat den Fahrer, ihn zum Busbahnhof zu bringen.
»Setz dich, junger Mann«, sagte der Fahrer freundlich.
Luka stieg ein.
An einem Gebäude hielt das Taxi an und der Fahrer entschuldigte sich bei Luka.
»Ich muss nur kurz was erledigen. Bin gleich wieder da.«
Kurze Zeit später kam der Fahrer mit zwei Milizionären zurück.
»Da sitzt er, meine Herren. Ich glaube, er ist betrunken, er flucht die ganze Zeit. Er wirft so mit Beleidigungen um sich, dass sich die Toten im Grabe umdrehen. Keinen einzigen meiner Verwandten hat er ausgelassen.«
»Dann steig mal aus, junger Mann.«
Luka stieg aus.
»Warum beleidigst du diesen anständigen Mann?«
»Wen habe ich bitte beleidigt?«, fragte Luka erstaunt.
»Kannst du dich etwa nicht mehr daran erinnern? Bist du besoffen?«
»Nein.«
»Du kommst jetzt mit.«
»Kann ich gehen?«, fragte der Fahrer.
»Ja, aber sieh zu, dass du in der Nähe bleibst.«
»Geht klar. Den ein oder anderen werde ich euch heute noch liefern.«
Sie nahmen Luka mit in das Milizgebäude.
»Sieh an, der Herr gibt sich also die Ehre«, spottete einer der Milizionäre, den Luka noch von seiner Ankunft kannte. »Ich wusste doch, dass ihr alle verrückt seid,

aber seid ihr jetzt so durchgedreht, dass ihr im Pyjama rumlauft? Und dann beschimpfst du diesen Mann auch noch?«

»Ich habe niemanden beschimpft.«

»Halt den Mund. Was hast du noch mal gesagt, bei euch würden sie nur Affen und Esel nehmen? Ich bin gespannt, wie du heute Nacht i-ah schreien wirst. Jetzt sag schon, warum hast du den Mann beschimpft?«

»Ich habe niemanden beschimpft.«

»Nun red schon!« Der Milizionär packte ihn an den Haaren.

»Finger weg!« Luka wurde wütend.

»Ach, jetzt wirst du auch noch aufmüpfig! Los, werft ihn ins Loch.«

Sie spritzten ihn mit kaltem Wasser ab.

»Nein, hört auf. Nicht mit kaltem Wasser!«, flehte Luka. »Ich bin krank. Ich schwör's euch, ich bin gerade erst wieder gesund geworden. Ich schwör's euch!«

»Aha, verstanden. Dann gibt's die Dusche später. Bring ihm ein paar Manieren bei. Du weißt schon«, sagte der Wärter zu seinem Kollegen, der Luka in eine Zelle warf. »Solange er nicht sagt, warum er den Mann beschimpft hat, hältst du ihn auf Trab«, rief der Milizionär.

»Wieso hast du den Taxifahrer beschimpft?«

»Hab ich doch gar nicht.«

Ein Schlag traf Luka und er taumelte. Diese Nacht schien nicht enden zu wollen ...

Am nächsten Tag ging es ihm nicht gut, also holte man einen Arzt.

»Also, der Mann sagt, du hättest ihn beschimpft. Zahl doch einfach eine Entschädigung, damit wäre die Sache für uns erledigt. Dann kannst du gehen, wohin du willst«, sagte der Milizionär.
»Wie viel verlangt er denn?«, fragte Luka.
»Das hängt ganz von dir ab. Du müsstest doch besser wissen, was dich deine Beschimpfungen kosten. Normalerweise machen die Taxifahrer fünfzig Rubel am Tag. An dem Tag konnte er aber nicht weiterarbeiten, weil er so aufgeregt war.«
Luka tastete in seiner Tasche nach dem Geld, das ihm Merab ins Krankenhaus gebracht hatte. Er holte es heraus und zählte es – fünfundfünfzig Rubel. Fünf Rubel steckte er wieder ein. Die restlichen fünfzig legte er auf den Tisch.
»Du musst noch zwanzig Rubel mehr zahlen. Fünf für den Arzt und fünfzehn für gestern. Wir haben dich versorgt, als du betrunken warst, und du durftest bei uns übernachten.«
»Ich habe aber nur noch fünf Rubel. Lassen Sie mich gehen, dann besorge ich den Rest und komme wieder.
»Wo willst du den denn hernehmen?«
»Ich frage einen Freund von der Uni.«
»Wie heißt denn dein Freund?«
»Merab. Merab Bakhia.«
»Los, bringt mir diesen Bakhia«, befahl er.
Nach einer Weile wurde Merab hereingebracht.
»Merab, könntest du mir was zum Anziehen bringen? Und ich brauche noch Geld«, sagte Luka.

»Wie viel?«
»So viel, wie die Übernachtung hier kostet.«
»Verstanden. Ich geh und besorg's. Deine Sachen hab ich übrigens aufbewahrt«, sagte Merab und ging.
Nach einer Stunde kam er mit Kleidung und Geld zurück.
Als sie Luka freiließen, setzte der Polizist noch einen drauf: »Wie bist du denn überhaupt angezogen? Glaubt ihr etwa, die Straße sei eure Bühne, dass ihr im Pyjama rumlauft, wie es euch gefällt? In Zukunft benimmst du dich lieber, sonst landest du noch mal im Loch.«
Sie gingen. Luka konnte es kaum erwarten, aus dieser Stadt herauszukommen. Es war, als ob die Stadt ihn hassen würde, als ob sie ihn nicht annehmen wollte, als ob sie ihn nicht zu einem der ihren machen wollte.
Luka bedankte sich bei Merab und versprach, ihm das Geld baldmöglichst zukommen zu lassen. Er verabschiedete sich und ging zum Bus. Nein, er ging nicht, er rannte. Die ganze Stadt jagte hinter ihm her und rief ihm zu: »Verschwinde! Verschwinde von hier!«
Nur zwei Mal die Woche fuhr ein Bus bis zu Lukas Dorf. Der Fahrer blieb die Nacht über in dem Dorf und fuhr am nächsten Morgen wieder zurück. Glücklicherweise hatte Luka genau den Tag erwischt, an dem der Bus fuhr. Es waren nur wenige Fahrgäste zugestiegen, und er konnte sich einen Platz aussuchen. Der Bus ließ die Stadt hinter sich.

»Ahuuuuu!«, erklang das Wolfsgeheul in dem vom Herbst ausgeblichenen Tal.
Im selben Moment kam der Bus auf dem glatten Eis ins Rutschen – der Fahrer zog die Bremse. Luka fiel nach vorne. »Bei Glatteis darfst du doch nicht so hart bremsen!«
»Ich brauch keine Ratschläge von dir, du Grünschnabel!«, knurrte ihn der Fahrer an, der den Bus wieder unter Kontrolle hatte.
»Also dann!«, sagte der Fahrer und stützte seine stämmigen Arme auf das Lenkrad.
»Wie?«, fragte Luka.
»Na, Endstatiooon«, säuselte der Fahrer.
»Was?! Wieso Endstation? Weiter vorne ist es bestimmt nicht mehr so glatt!«
»Tut mir leid, Bürschchen. Aber nur wegen dir geh ich das Risiko nicht ein«, sagte der Fahrer bestimmt.
Luka war ratlos, er wusste nicht, was er sagen sollte. Es war erst Mittag, aber bis zum Dorf war es noch ein langer Weg. Sollte der Fahrer ihn wirklich hier raussetzen, würde er sein Dorf am nächsten Tag wahrscheinlich immer noch nicht erreicht haben.
Für eine Weile schwiegen beide und schauten aus dem Fenster. Ein dichter, Schnee versprechender Nebel hatte sich in den Tiefen des Tales herabgesenkt.
»Ahuuuu!«, erklang wieder das erschaudernde Wolfsgeheul aus der Ferne.
Luka starrte den Fahrer an.
»Was starrst du mich denn so an? Ich hab doch gesagt,

ich fahr nicht mehr weiter. Was ist denn daran so schwer zu verstehen? Du kannst aber auch gerne mit mir zurückfahren ...«

Luka nahm seine Tasche und stieg aus.

Das Geheul des Wolfes erklang erneut.

»Hey, warte mal!«, rief ihm der Fahrer hinterher und kletterte ebenfalls aus dem Bus.

»Welches ist denn dein Dorf?«

»Es ist das letzte im Tal«, antwortete Luka.

»Und warum hast du's denn so eilig? Sag bloß, deine Braut erwartet dich?«

»Das geht dich nichts an«, erwiderte Luka knapp.

»Wie du meinst! Aber schieb die Schuld nachher nicht auf mich, wenn dir was passiert. Sag dann nicht, ich hätte dich einfach auf halbem Weg ausgesetzt. Die Straße ist vereist, das siehst du ja selbst.«

»Keine Angst«, beruhigte ihn Luka. »Ich werde mich schon nicht beschweren.«

Der Fahrer wunderte sich über Lukas Sturheit.

Luka lief los.

»Warte, nicht so schnell, Bürschchen! Ich schwöre dir, bei meiner Familie, der Weg ist zu gefährlich. Soll ich mich für einen Mann in Gefahr bringen? Für nur einen Passagier lohnt es sich erst recht nicht ... Warte doch mal!«, rief ihm der Fahrer hinterher.

Hastig holte er einen Lumpen aus dem Kofferraum, befestigte ihn an einem langen Stock und tränkte ihn in Benzin. Dann lief er Luka nach, und als er ihn schwer atmend einholte, fragte er: »Rauchst du?«

»Nein.«
»Dann nimm auch das Feuerzeug hier. Wenn es dunkel wird, zünd es an. Eine gute Stunde lang sollte es brennen.« Er schaute sich um und fügte hinzu: »Die Raubtiere fürchten sich vor Feuer.«
Luka nahm ihm das Feuerzeug und die selbstgemachte Fackel ab und machte sich auf den Weg.
Der Fahrer sah ihm noch eine Weile hinterher. Er haderte mit sich, bis er schließlich doch zum Bus zurückkehrte und sich ans Steuer setzte. Er suchte sich eine Stelle zum Wenden und mühte sich eine Weile ab, bis er es endlich geschafft hatte.
Inzwischen war Luka schon ein ganzes Stück gelaufen. Noch war es hell, aber falls sich der Nebel bis hierhin senken sollte, würde es sehr schnell dunkel werden. Ihm war klar, dass er sein Dorf heute nicht erreichen würde, er wollte es aber wenigstens bis ins Nachbardorf schaffen. Vielleicht fährt ein Lastwagen vorbei und nimmt mich mit, dachte er und marschierte hoffnungsvoll weiter.
Es war eiskalt, die Herbstsonne schien zu schwach zu sein, um die über Nacht gefrorene Erde zu wärmen. Die Sonne war am Himmel kaum noch zu erkennen, an den Bergen hatten sich schneegefüllte Wolken gestaut und legten sich wie eine winterliche Decke über das ganze Tal. Der dichte Nebel trennte Himmel von Erde und Herbst von Winter. Der Geruch von Schnee lag in der Luft. In den Bäumen hingen hier und da noch die letzten gelbbraunen Blätter. Es war windstill, doch wenn

man genauer hinschaute, sah man die Blätter zittern, als spürten sie das herannahende Ende ihrer Tage.
Das Tal war eng. Das von den steilen Berghängen eingeschlossene Gelände barg viele Mysterien. Ein schmaler Fluss plätscherte langsam und friedlich in seinem steinigen Bett, das allmählich dem Frost zum Opfer fiel. Er führte so wenig Wasser, dass man über ihn hätte hinwegspringen können, ohne nass zu werden. Die trockenen Uferbänke ließen jedoch erkennen, wie stark er im Frühling anzuschwellen pflegte. Die Straße schlängelte sich in Serpentinen durch das Gelände, doch konnte man ihren Verlauf auch noch weit hinten im Tal ausmachen.
Auf den Hängen standen dicht an dicht Buchen. Oberhalb des Waldes begann die alpine Zone. Die Berggipfel waren nicht zu sehen, der Himmel schien sich auf ihnen abzustützen. Die Wolkendecke kam der Erde immer näher und ließ das Tal noch gespenstischer wirken.
Eingehüllt in diese geheimnisvolle Umgebung schritt Luka so schnell er konnte vorwärts. In diesem Gebirge fühlte er sich noch immer heimisch, und die Sehnsucht nach seiner Heimat, die ihn in der Großstadt mehrere Monate lang gequält hatte, ließ es noch idyllischer erscheinen. Er versank in Erinnerungen und holte allerlei Abenteuer aus seiner Kindheit hervor. Den Sommer hatte er lieber gemocht, den Winter hatte er aber auch sehr schön gefunden, vor allem, wenn die ersten Flocken fielen. Als Kind hatte er ungeduldig auf den jungfräulichen Schnee gewartet, und er war auch stets zur vor-

gesehenen Zeit gekommen, hatte nie auf sich warten lassen.
Es war einfach traumhaft, wenn die schneegefüllten Wolken den in Erwartung des Winters verblassten Berg umschlossen. Sie breiteten sich über den gesamten Himmel aus, senkten sich langsam herab und machten erst vor den goldfarbenen Buchenwipfeln halt, an denen sie sich mit elektrischer Spannung aufluden. Auch die Erde schien in diesen Momenten das Herannahen des Himmels zu spüren und begann zu pulsieren. Alles Beseelte erstarrte. Kein Vogel flog mehr durch die Luft.
Eine ungeheure, angespannte Stille beherrschte das Gebirge, für eine Sekunde, für zwei, oder vielleicht auch für eine Stunde – es schien ihm schier unmöglich, diese himmlische Ruhe zeitlich zu ermessen. In solchen Momenten konnten einem Sekunden wie Jahrhunderte vorkommen. Doch dann zerbrach die Stille, und rauschend fiel der erste Schnee zu Boden. Das Geräusch glich einem himmlischen Chor, dem die Erde atemlos lauschte. Plötzlich schwang sich von irgendwoher ein Rabe empor, sein lautes Krächzen drang durch das Tal. Die anderen Raben stimmten mit ein, in Schwärmen flogen sie umher. Von den Baumspitzen lösten sich die vom Schnee beschwerten goldenen Blätter und sanken wie Flocken herab. Luka erinnerte sich an das Gelächter der Kinder, die den ersten Schnee des Jahres begrüßten. Die Erde umhüllte sich weiß, und allmählich nahm der Winter das Gebirge in Besitz.
Der Moment, wenn der Himmel immer tiefer glitt und

die Erde sich auf seine Ankunft vorbereitete, ließ all dies vor Lukas Augen wieder lebendig werden. Ringsum herrschte Stille, doch gleich würde sie abermals zerbrechen, und auf die schwarze Erde würde der himmlische Gesang niedergehen.

Stille.

Plötzlich ein Wolfsgeheul:

»Ahuuuh!«

Luka zuckte zusammen.

Er sah sich um. Sein Blick wanderte über die nahe gelegenen bewaldeten Hänge. Zwischen den Bäumen war nichts zu erkennen. Nur dünner Nebel senkte sich schleichend nieder.

»Ahuuuh!«, ertönte es von neuem. Das Geheul kam von weit oben.

Die Vorhut wahrscheinlich. Jetzt, wo er mich entdeckt hat, ruft er die anderen, dachte sich Luka. In dem Moment fiel ihm die Fackel ein, die ihm der Busfahrer mitgegeben hatte. Er hatte sie jedoch wenig später weggeworfen. Umkehren bringt Unglück, ging es ihm durch den Kopf, und so lief er weiter.

»Ahuuuh!« Das Geheul war näher gerückt. Luka schien es, als lauere der Wolf auf dem bewaldeten Hang direkt über ihm.

Nein, das ist bloß die Angst. Ich bilde mir das nur ein ...

Noch beherrschte Tageslicht das Tal, aber der Nebel kam so rasch die Hänge hinab, dass es nicht mehr lange dauern würde, bis die Dunkelheit einfiele.

Nun kehrte Luka doch um, er wollte nach der Fackel suchen. Er tastete in seiner Hosentasche nach dem Feuerzeug. Zum Glück habe ich das nicht auch noch weggeworfen, dachte er und schritt schneller voran. Das Heulen des Wolfes verfolgte ihn, die Angst schlich mit. Um dagegen anzukämpfen, fing er an zu pfeifen.
Was, wenn ich die Fackel nicht mehr finde? ... Nein, nein, daran sollte ich lieber nicht denken. Ein Mann sollte keine Angst haben, vor allem nicht bei Tag ... Und wenn es dunkel wird ...? Ich werde einfach im nächsten Dorf übernachten ...
Luka entdeckte die Fackel am Straßenrand und stürzte so schnell darauf zu, als gelte es, jemand anderem zuvorzukommen. Er hob sie auf und machte sich wieder auf den ursprünglichen Weg.
Immerhin war er jetzt nicht mehr völlig wehrlos, und die Angst fiel ein wenig von ihm ab. Die Stille, die sich über dem Tal ausgebreitet hatte, erschien ihm nun kaum noch fremd, er selbst wurde zu einem Teil von ihr. Er fühlte sich wieder heimisch in dieser Umgebung. Auch das Wolfsgeheul schien ihm jetzt fast vertraut, als käme es aus seiner Kindheit, nur dass er größer geworden war – alles andere war gleich geblieben.
Der Himmel senkte sich etwas tiefer.
Die Erde bereitete sich auf seine Ankunft vor.
Luka lief weiter.
»Ahuuuh!«
Genauso hatten auch die Wölfe in seiner Kindheit geheult, kurz vor Winterbeginn. Meist heulte erst nur

einer, mit kurzen Pausen dazwischen, geradezu herzzerreißend. Von irgendwoher stimmte dann ein zweiter ein, allerdings erst nach Einbruch der Dunkelheit. Tagsüber hörte man nur selten Wölfe, in der Regel fingen sie erst bei Dämmerung an. Besonders intensiv war ihr Geheul in der ersten Winternacht. Selbst zu Hause bekam man Angst und wagte es nicht hinauszugehen, obwohl die Wölfe von der anderen Seite des Flusses, vom gegenüberliegenden Berghang zum Dorf herüberheulten. Die Hunde zogen ihre Schwänze ein. Nur wenige, die Mutigsten unter ihnen, jagten aus dem Dorf und versuchten, es mit lautem Bellen zu verteidigen.
Manchmal passierte etwas, das das ganze Dorf erzittern ließ. Es kam vor, dass – wenn die Wölfe stundenlang von der anderen Seite des Tales herübergeheult hatten – mitten in der Nacht eine Frau vor ihr Haus trat und ebenso furchteinflößend zurückheulte. Dann verstummten auch die mutigsten Hunde und versteckten sich mit eingezogenem Schwanz in Ecken und Winkeln.
»Ahuuuh!«, heulte der Wolf im Wald.
»Ahuuuh!«, heulte die Frau zurück.
»Da, sie sprechen wieder miteinander. Dieses verfluchte Weib!«, flüsterten die Leute dann und verriegelten ihre Türen.
Oft fielen die Wölfe in solch einer Nacht oder am darauffolgenden Morgen eine der Herden an. Vor lauter Angst traute sich dann niemand mehr aus dem Haus.
Das Dorf wusste von der Wolfsfrau, aber alle hatten Angst vor ihr. Nie hat sie einer beim Heulen gesehen.

Tagsüber lief sie in Frauengestalt durchs Dorf: Sie brachte ihr Vieh zu den Wasserstellen, wie alle anderen auch; bei Sonnenschein strickte sie zusammen mit den anderen Frauen bunte Socken mit Blumenmustern; von Zeit zu Zeit gab sie ihrem Kleinen die Brust, und wenn sie sich mit jemandem zerstritten hatte, rief sie ihm nach: »Die Wölfe sollen dich holen!«

Die Dorfbewohner versuchten, sie auf frischer Tat zu ertappen, doch die Frau hielt ihre Wolfsnatur geschickt im Verborgenen.

»Seitdem sich die Wölfe ihrer angenommen haben, haben wir keine Ruhe mehr im Dorf«, flüsterten sich die Frauen hinter ihrem Rücken zu; es ihr ins Gesicht zu sagen traute sich jedoch keine von ihnen. Niemand wagte es, sich mit der Wolfsfrau anzulegen.

»Ahuuuh!«

Wieder heulte der Wolf, und Luka lief es kalt den Rücken herunter. Seine Gedanken kreisten um dieses Wolfsweib. Damals war er noch ein Kind, und immer wenn die Frau mit den Wölfen geheult hatte, hatte er sich unter der Bettdecke versteckt und nicht gewagt, auch nur einen Mucks zu machen. Tagsüber dann erzählten sich die anderen Frauen, flüsternd und sich bekreuzigend, allerlei unglaubliche Geschichten:

»Wusstet ihr, dass die mit Hexen verkehrt?! Die ist doch des Teufels!«

Dabei wirkte sie gar nicht teuflisch, sie war sogar recht ansehnlich. Sie trug ihr Haar in langen Zöpfen, die ihr bis über die Schultern reichten, ihr Körper war anmutig und ihre ruhelosen, funkelnden Augen schwarz wie Johannisbeeren. Sogar wenn sie ihrem Kind die Brust gab, wirkte sie rastlos und war ständig auf der Lauer.

»Sie ist eine Hexe! Glaubt mir, Tetrua hat es mit eigenen Augen gesehen. Hinten hat sie einen Schwanz!«, beteuerte eine der Klatschbasen.

»Es wäre nicht schlecht, wenn sich das Dorf endlich darum kümmern würde«, flüsterte eine andere.

»Hüte deine Zunge und steck deine Nase nicht in Dinge, die dich nichts angehen!«, warnte die Schwiegermutter ihre Schwiegertochter.

»Natürlich geht es mich was an! Sie wird noch Unglück über uns alle bringen!«, flüsterte die Jüngere verärgert.

Luka und die anderen Kinder kauerten in einer Ecke und hörten den Frauen atemlos zu.

Als wüsste sie, dass über sie gesprochen wurde, kam die Wolfsfrau in solchen Momenten mit ihrem Kind vorbei und setzte sich lächelnd zu den anderen Frauen, um mitzuplaudern. Die Frauen wechselten dann sofort das Thema. Die Kinder aber versuchten bei dieser Gelegenheit, einen Blick auf ihren Rücken zu erhaschen, um herauszufinden, ob sie wirklich einen Schwanz hatte. Die Wolfsfrau schien dies zu bemerken und sobald sie sie dabei erwischte, liefen sie alle erschrocken davon. Wenn die Kinder sie auf dem Rückweg vom Fluss herannahen sahen, kletterten sie die Böschung hinauf, um ihr nicht zu begegnen. Dort standen sie dann und hielten ihre Wasserbeutel fest umklammert, bis sie an ih-

nen vorbeigegangen war. Sie schaute stets zu ihnen hoch, was die Kinder vor Furcht erstarren ließ.
Gerade jetzt erinnerte sich Luka wieder an ihre durchdringenden Augen und blieb stehen. Allein die Erinnerung daran ließ ihn erschaudern. In diesem Moment glaubte er, ein Auto zu hören, aber das Geräusch verstummte sogleich wieder ...
Solange diese mysteriöse Frau im Dorf lebte, ereigneten sich sonderbare Dinge. Eines Sommers kam ein Hirte völlig verängstigt angerannt. Er berichtete, was er erlebt hatte, und Luka konnte sich so gut an sein Gesicht erinnern, als wäre es erst gestern gewesen.
In jener Nacht hatte der Hirte allein die Schafe gehütet. Am nächsten Morgen hatte er, auf seine Ablösung wartend, die Herde auf den Dorfhang zum Grasen geführt. Dort hatte er sich, von der Einsamkeit gelangweilt, die Zeit damit vertrieben, das Dorf durch sein Fernglas zu beobachten. Plötzlich sah er, wie jemand aus dem Dorf näher kam, ein Reiter hoch zu Pferde, der noch ein Fohlen am Zügel hinter sich her führte. Nachdem er ein Stück näher gekommen war, bemerkte der Hirte, dass der Reiter ein kleiner Junge war.
Die Herde sonnte sich auf der Weide, und der Hirte spähte weiter das Dorf aus. Bald danach sah er eine Frau mit einem großen Wasserkrug auf dem Rücken den Weg entlanglaufen, der aus dem Dorf herausführte. Sie ging zum Bach, stellte den Krug plötzlich ab und wälzte sich am Boden, dann stand sie in Wolfsgestalt wieder auf. Der Wolf setzte dem Reiter nach und fiel das

Fohlen an, das den Jungen an der Leine aus dem Sattel seines Pferdes riss und ihn in wilder Flucht mit in den reißenden Fluss schleifte. Das Pferd, das seinen Reiter verloren hatte, bäumte sich auf und setzte sich mit den Vorderhufen gegen den Wolf zur Wehr. Der machte jedoch kehrt und lief den Hang zum Bach hinauf, wälzte sich dort abermals am Boden und stand als Frau wieder auf. Als wäre nichts geschehen, hängte die Frau sich ihren Krug über die Schulter, ging zum Bachlauf, füllte den Krug mit Wasser und kehrte ins Dorf zurück.

Das zurückgelassene Pferd verharrte noch lange an derselben Stelle, wiehernd und schnaubend. Dann begann es, am Flussufer entlangzugaloppieren und schnaufend nach seinem Reiter zu suchen. Das Wasser des Flusses schäumte und brach sich an den großen Felsbrocken.

Klirrend sprang das beschlagene Pferd über das steinige Ufer, lief zu einer Klippe, starrte mit aufgerichteten Ohren auf einen Strudel in dem reißenden Fluss und sprang schließlich hinein. Für eine kurze Zeit konnte man noch seine Beine sehen, die Sonnenstrahlen wurden von den Hufen reflektiert, bis der Strudel alles verschlang.

»Zuerst wollte ich den Jungen suchen, aber dann bekam ich Angst vor dem Wolf. Ich hätte ihn ohnehin nicht mehr lebend herausholen können, die Strömung war einfach viel zu stark«, berichtete der Hirte aufgeregt und setzte hinzu: »Die Frau ist hier ins Dorf gelaufen, sie muss eine von euch sein. Lasst doch alle Frauen

heraustreten, dann werde ich sie schon wiedererkennen. Ich erinnere mich noch genau an ihre Kleidung.«
Also ließ man die Einwohnerinnen sich in einer Reihe aufstellen, die alten wie die jungen. Der Hirte schritt die Reihe ab und begutachtete die Frauen. Die Männer waren verstummt, nur das Klagen der Mutter, deren Kind ertrunken war, war zu hören. Mit zerrauften Haaren lief sie zum Fluss, gefolgt von ihren beiden weinenden Kindern.
Der Hirte blieb vor der Frau stehen, die schon seit jeher verdächtigt wurde. Wie so oft stillte sie ihr Kind. Sie warf dem Hirten nur einen kurzen Blick zu, und jeder konnte sehen, dass er heftig zusammenzuckte und zurückwich ...
Er identifizierte sie nicht.
Lange noch suchte das Dorf nach dem ertrunkenen Kind – vergebens.
Die Mutter des Kindes hieß Tetrua. Das Dorf war sich zwar einig in dem Verdacht, aber vor lauter Angst wagte niemand, etwas zu sagen.
»Seht, was passiert ist! Gleich nachdem Tetrua etwas über ihren Schwanz gesagt hat, ist ihr Kind ertrunken. Was konnte denn bloß der arme Junge dafür? Diese Hexe!« So wurde im Dorf getuschelt.
Während sie ihr Kind beweinte, magerte Tetrua derart ab, dass sie nur noch ein Schatten ihrer selbst war. Sie saß am Wasser, erschöpft und niedergeschlagen, und blickte auf den Fluss hinunter. »Wie kann ich mich nur an dir rächen? Kein Tropfen deines Wassers soll jemals

mehr meine Lippen berühren«, klagte sie und weigerte sich zu trinken.
Eines Tages machte sie sich erneut auf die Suche nach ihrem verschollenen Sohn. Ihre beiden Kinder ließ sie zu Hause und trug ihnen auf:
»Schließt von innen ab und macht niemandem die Tür auf – wer auch immer es ist!« Sie band sich ein schwarzes Kopftuch um und ging zum Fluss hinunter.
Die Kinder saßen im dunklen Haus und klammerten sich wimmernd aneinander.
»Tetrua, bist du da?«, fragte plötzlich eine Frauenstimme von draußen.
»Mutter ist nicht zu Hause«, riefen die Kinder zurück.
»Kinder, macht die Tür auf, ich habe euch Buttermilch mitgebracht.«
»Nein, danke. Wir brauchen nichts. Mutter ist nicht zu Hause«, wiederholten die Kinder.
Plötzlich war ein Kratzen und Schaben an der Tür zu hören. Die Kinder klammerten sich noch fester aneinander. Die Geräusche an der Tür verstummten und waren kurz darauf vom Dach zu hören. Die Kinder schauten zur Dachluke hinauf und erblickten einen Wolf mit weit aufgerissener Schnauze.
»Kinder, macht die Tür auf. Macht sofort auf!«, hörten sie Tetruas Stimme von draußen.
Sofort lief der Junge zur Tür, doch das Mädchen hielt ihn zurück:
»Mach nicht auf! Vielleicht ist es eine Täuschung, und es ist gar nicht unsere Mutter.«

Der Wolf versuchte noch immer, sich durch die Dachluke zu zwängen und einen der Balken zu erreichen.
»Hilfe! Helft mir doch!«, schrie Tetrua verzweifelt zu den anderen Häusern hinüber, während sie weiterhin die Kinder dazu zu bringen versuchte, ihr die Tür zu öffnen.
Auf ihren Hilferuf hin eilten die Nachbarn herbei.
Die verängstigten Kinder sahen ein letztes Mal die funkelnden Augen des Wolfes, bevor er sich aus der Dachluke zurückzog. Er sprang über die Hausdächer hinweg und verschwand.
Die Nachbarn hatten Mühe, Tetrua wieder zur Besinnung zu bringen. Nachdem sie sich ein wenig beruhigt hatte, erzählte sie:
»Ich bin an der Mühle vorbeigegangen, am Fluss entlang, als ich aus dem Fluss eine Stimme hörte: ›Mutter, kehr um und rette deine Kleinen!‹ Ich weiß nicht, wie schnell ich den Hang hinauf war, aber als ich ankam, war es beinahe schon zu spät.«
Sie erbleichte und nahm zitternd ihre Kinder in die Arme.
Das Dorf war nun ganz und gar eingeschüchtert. Man traute sich nicht einmal mehr flüsternd, den Schwanz der Wolfsfrau zu erwähnen.
Nicht lange danach ertönte im Dorf ein lautes Jaulen. Es war so durchdringend und schauerlich, dass es sogar im Nachbardorf zu hören war. Da das Jammern aus Tetruas Haus kam, eilten alle dorthin.
Tetruas Mann war schon seit langem tot. Nachdem sie

nun auch eines ihrer Kinder verloren hatte, war ihr Vater wieder zu ihr gezogen, um ihr im Haus zu helfen. Zuerst hatte er sie zu sich nehmen wollen, aber Tetrua hatte sich geweigert. Solange sie den Leichnam ihres Sohnes nicht der Erde übergeben hatte, wollte sie in ihrem Haus bleiben.
Eines Tages bemerkte der Vater, dass die Wolfsfrau mehrmals an Tetruas Haus vorbei den Hang hinauf- und hinunterschlich. Das kam ihm verdächtig vor, und so ging er ins Haus.
Er war besorgt.
Vom Dach war ein Kratzen zu hören.
Er blickte hoch.
Von oben funkelten ihn zwei gelbe Augäpfel an, die sofort wieder verschwanden.
Der Mann lief nach draußen und sah die Wolfsfrau über die Häuser davontraben, die terrassenförmig über den Hang hingebaut waren.
Er kehrte zurück ins Haus.
Nicht lange danach war ein durchdringendes Jaulen zu hören, das das ganze Dorf auf die Beine brachte.
Als die Nachbarn in Tetruas Haus eintrafen, sahen sie, wie Tetruas Vater mit aller Gewalt auf einen zugebundenen Sack eindrosch, der zu seinen Füßen lag. In dem Sack zappelte etwas herum, das die jammernden Laute von sich gab.
Die Leute glaubten, der Mann sei verrückt geworden, und packten ihn. Als sie den Sack öffneten, fiel ein übel zugerichteter, blutender Wolf heraus, der die Chance

nutzte und sich auf der Stelle durch die offene Tür davonmachte.
Gleich danach versammelte sich das ganze Dorf, um sich zu beraten. Die Wolfsfrau fehlte als Einzige. Als ihr Mann am Abend vom Schafehüten nach Hause zurückkehrte, lief er rasend vor Wut zu den versammelten Dorfbewohnern.
»Los, raus mit der Sprache: Wer von euch hat meine Frau so zugerichtet? Verdammt soll er sein«, fluchte er.
Es stellte sich heraus, dass er seine Frau zusammengeschlagen und bewusstlos zu Hause vorgefunden hatte. Ihr Kind war zu ihr gekrochen und hatte vergeblich versucht, an ihre Brust zu kommen.
Als die Frau endlich wieder zu sich kam, konnte sie sich nicht mehr aufrichten, ihr Rückgrat war gebrochen. Vorsichtig wurden ihr die blutigen Kleider ausgezogen, und dann erstarrten alle: Die Frau hatte tatsächlich einen weißen Schwanz mit drei einzelnen schwarzen Haaren, der sich ununterbrochen bewegte.
Zuletzt blickte die Sterbende Tetrua in die Augen und sagte:
»Von nun an werde ich dich in Ruhe lassen.«
Ihr Herz hatte schon aufgehört zu schlagen, doch ihr Schwanz zuckte noch immer hin und her, als würde er sich mit aller Kraft gegen den Tod zur Wehr setzen.
Man hat sie nie begraben. Man warf ihren leblosen Körper in eine Schlucht, der sich seitdem nie wieder jemand genähert hat, weder bei Tag noch bei Nacht.
In jener Nacht träumte Tetrua von einem Wolf.

»Geh, du findest deinen Sohn unter der Mühle«, sagte ihr der Wolf.
Tetrua wachte sofort auf.
Sie weckte ihren Vater.
Sie trauten sich nicht, bei Nacht rauszugehen, also warteten sie die Dämmerung ab. An der besagten Stelle hatte sich im Fluss ein Strudel gebildet und in ihm trieb der Leichnam ihres Sohnes ...
»Auuuuuu!«, das Geheul ließ Luka erneut zusammenzucken.
Er blickte sich um.
Die Dunkelheit war herangeschlichen und der Nebel senkte sich noch tiefer ins Tal. Der Himmel hatte seinen Schlund geöffnet und ließ Schneeflocken herunterfallen. Die düstere Erinnerung hatte ihn dermaßen mitgenommen, dass er ganz bleich geworden war. Warum musste Luka denn auch gerade jetzt an diese Geschichte denken, wo er mutterseelenallein war und die Nacht ihn bald einzuholen drohte?
Der Geruch von frisch gefallenem Schnee lag schwer in der Luft und es schien ihm, als würden mit den Schneeflocken auch seine Kindheitserinnerungen auf ihn niederrieseln. Er verband so viel Gutes mit dem ersten Schnee, wieso fiel ihm dann ausgerechnet die Wolfsfrau ein? Waren diese Geschichten denn überhaupt wahr? Oder waren sie doch nur Träume aus seiner Kindheit, die er mit der Realität verwechselte? Er sollte sich besser einreden, dass er das alles nur geträumt hatte, diese und noch andere Geschichten.

»Ahuuuuu!«
Vielleicht kam das Heulen tatsächlich aus seiner Kindheit und in Wirklichkeit war da gar kein Wolf?
»Ahuuuu!«
Schon wieder. Nein, dieser Wolf war keine Einbildung, er war sogar näher, als er angenommen hatte. Das Tageslicht verschwand nach und nach. Der Schnee fiel immer dichter. Die Umgebung hüllte sich in vollkommenes Weiß. Bald würde es Nacht sein und alles dunkel und schwarz werden, selbst der Schnee. So ist es immer, wenn der Nebel kommt und es dichte Flocken schneit. Er musste es irgendwie ins nächste Dorf schaffen, denn falls er sich im Dunkeln verlaufen sollte, wäre die Gefahr groß, einen Abhang hinunterzustürzen.
Auch das herannahende Auto vorhin hatte er sich wohl nur eingebildet. Oder war doch alles wahr und keine Einbildung? Tetruas Kinder waren ja mit ihm zur Schule gegangen und auch das Kind der Wolfsfrau war mit ihnen aufgewachsen. Irgendwann hatte der Vater es mitgenommen, und man hatte nie wieder etwas von ihnen gehört. Wo das Kind jetzt wohl sein mochte? Es hatte doch die Milch einer Wölfin getrunken. Vielleicht war es ja auch zu einem Wolf geworden und versteckte sich jetzt unter den Menschen. Und überhaupt, wer weiß denn schon, wie viele dieser Menschenwölfe unter uns leben, als Mann oder als Frau? In der Stadt hatte Luka darüber nie nachgedacht. Nicht eine einzige Wolfsfrau hatte sich im Dorf verstecken können. Die Stadt aber war groß, dort mischten sich allerlei Men-

schen. Wer weiß, vielleicht bin ich ja bereits einem Menschenwolf begegnet?, dachte Luka. Flüchtig auf der Straße … Mag sein, dass sie Tag und Nacht herumgeschlichen sind, um ihre Wolfstaten zu vollbringen. Sie sitzen in Autos, arbeiten in Krankenhäusern oder überfallen einen und lassen einen dann im Gefängnis schmoren, als wäre es die eigene Schuld gewesen, oder sie warten in Prüfungskommissionen und lassen einen durchfallen. Es kann ja niemand ahnen, dass er einem Wolf gegenübersteht! Sie haben ein Menschengesicht und fragen nach der Relativitätstheorie. Du antwortest. Sie fragen. Was fragen sie eigentlich?

Nein, nein. Darüber sollte er nicht mehr nachdenken, das war alles nur die Angst. Wie wahrscheinlich war es schon, dass man unbeschwert durch die Straßen spazierte und ein Wolf in Anzug und Krawatte neben einem herlief? Oder man in ein Geschäft ging und ein Wolf einem dort ein Paar Schuhe verkaufte? Und überhaupt, wer kann sich schon einen Wolf im weißen Arztkittel vorstellen? Nein, nein. Er sollte die Geschichte der Wolfsfrau nicht verallgemeinern.

Ein anderes Erlebnis aus seiner Kindheit drängte sich Luka auf. Lukas Mutter hatte einst ein verwaistes Zicklein gefunden und es mit Kuhmilch aufgezogen. Luka musste sich neben den Schafen auch noch um das Kleine kümmern. Eines Tages, als er zusammen mit den anderen Jungen zum Schafehüten ging, vergaß er beim Herumtollen seine Herde. Sie waren mitten im Spiel, als das kleine Zicklein auf sie zulief und verängstigt meckerte. Augenblicklich fiel ihm seine Herde wieder ein und er machte sich auf die Suche nach ihr. Die kleine Ziege lief ihm voraus. Plötzlich stoppte sie. Luka schaute in ihre Richtung und sah auf der Böschung einen Wolf. Als der Wolf die beiden bemerkte, hielt er kurz inne und preschte gleich darauf blitzartig auf sie zu. Die anderen Hirtenjungen, die ihm nachgelaufen waren, fingen an zu schreien. Lukas Beine zitterten, so dass er sich nicht rühren konnte. Der Wolf kam immer näher. Das Zicklein sprang um ihn herum und meckerte immer lauter. Schon nach ein paar großen Sätzen war der Wolf bei ihnen, in Sekundenschnelle riss er das Zicklein am Hals und fing sofort an, geräuschvoll sein Blut zu schlürfen. Luka konnte keinen Schritt zurückweichen. Als hätte ihn etwas verhext, stand er dort wie erstarrt. Der gesättigte Wolf hob seinen Kopf, setzte sich auf seine Hinterbeine und fixierte Luka mit glasigem Blick. Luka wollte schreien, doch seine Stimme versagte. Der Wolf ließ ihn nicht aus den Augen, als würde er auf etwas warten, sich auf etwas vorbereiten.

Plötzlich ertönte ein Gewehrschuss.

Der Wolf sprang auf der Stelle hoch, drehte sich um und verschwand hinter dem Hang.

Die anderen Hirtenjungen liefen zu Luka, einer von ihnen hatte sein Gewehr dabeigehabt und so den Wolf davongejagt. Gegen Abend hatten sie Lukas Schafherde wiedergefunden. Keines der Tiere hatten die Wölfe verschont, sie hatten die Schafe bei den Hälsen gepackt

und all ihr Blut ausgesaugt. Das Fleisch der Tiere hatten sie unberührt gelassen.
Luka durchlief es eiskalt.
Er fragte sich, was der Wolf wohl gewollt hatte, als er ihn so direkt angestarrt hatte. Damals hatten sie alle Tiere zurückgelassen, nicht einmal die Felle mitgenommen. Das Fleisch blutleerer Tiere, so sagte man im Dorf, dürfe man nicht essen.
»Auuuuu!«, das Heulen schien nun schon fast hinter ihm zu sein.
Luka drehte sich abrupt um, doch er sah nichts.
Es schneite noch heftiger.
Er konnte gerade noch den Pass erkennen. Weit und breit war keine Siedlung in Sicht. Er erinnerte sich, dass es hier in der Nähe ein Dorf geben musste. Aber selbst das würde er wohl nicht mehr erreichen. Ein paar Kilometer entfernt musste eine Mühle stehen, falls er es bis dahin schaffte, könnte er wenigstens dort die Nacht verbringen.
Bald würde alles in Dunkelheit versinken. Der Geruch frisch gefallenen Schnees breitete sich aus, noch stärker nahm er aber den Geruch der Wölfe wahr. Die Umrisse der Bäume verschwammen in der Dämmerung und nahmen unheimliche Formen an. Der Schnee verdeckte den Weg und Luka hatte Schwierigkeiten, ihn zu erkennen. Er nahm das Feuerzeug aus seiner Hosentasche und wollte die Fackel anzünden, aber dann überlegte er es sich doch anders. Die Fackel würde nur eine Stunde lang reichen, und was dann? Was, wenn die Wölfe ihn

einholen würden? Luka wusste, dass Wölfe das Feuer meiden. Falls er es doch nicht bis zur Mühle schaffen sollte, wäre es besser, die Fackel für später aufzuheben. Das Geheul wurde leiser und weniger, aber das musste nichts Gutes verheißen. Wenn sie heulen, weiß man wenigstens, ob sie in der Nähe sind oder fern. Jetzt aber hatte er bei jedem Schritt das Gefühl, dass ein Wolf, auf seinen Hinterbeinen sitzend, auf ihn lauerte.
Ihm schien, als würde etwas vor ihm auf dem Weg rascheln. Luka zuckte zusammen. Die Angst packte ihn, also holte er das Feuerzeug nun doch raus, riss ein Stück vom Tuch ab und zündete es an. Das Benzin entflammte sofort und erhellte schlagartig die Umgebung. Nirgends war ein Wolf zu sehen. Wahrscheinlich kam das Rascheln vom Schnee, der von den Ästen herunterfiel. Luka schaute sich um und staunte. Das ganze Gebirge kam ihm vor, als wäre es nicht von dieser Welt. Er fühlte sich verloren.
Er lief eine Weile herum, ohne sich entscheiden zu können, welche Richtung er einschlagen sollte. Dann betrachtete er im Schnee seine Fußspuren, anhand derer er seinen Weg wieder aufnahm. Den brennenden Stoff hängte er an einen Ast und ging weiter.
Sollten die Wölfe irgendwo in der Nähe sein, würden sie sich so immerhin noch eine Weile von ihm fernhalten. Er würde immer nur ein kleines Stück Stoff anzünden und die Fetzen nacheinander am Wegesrand befestigen. Er hielt es für eine gute Idee. Falls Wölfe sich wirklich vor Feuer fürchteten, könnten sie sogar von ihm ab-

lassen und die Fährte erst gar nicht weiter aufnehmen. Immerhin konnte er sich so sicher sein, dass wer oder was auch immer ihm auflauern sollte, von vorne kommen müsste. Er würde es also früh genug bemerken. Wenn doch wenigstens der Mond seinen Weg erhellen könnte, aber in dieser Nacht ließ er sich nicht blicken. Der Mond verschreckt die Wölfe. Warum? Das weiß keiner so genau. Man hatte ihm einmal erzählt, dass Wölfe bei Mondschein den Leichengeruch wittern. Manchmal, wenn jemand stirbt, heulen auch die Hunde den Mond an. Die Wölfe aber hassen den Tod. Sie lieben das Leben, deswegen trinken sie das Blut, weil das Leben im Blut fließt, deswegen sind sie so gierig danach.

Ob der Mond wirklich der Schutzgeist des Todes ist?

Luka wusste nicht mehr, wohin er ging. Auf gut Glück lief er weiter, er versuchte, den Weg mithilfe seiner Intuition zu finden. Er riss nochmals ein Stück vom benzingetränkten Tuch ab und zündete es an. Abermals wurde die Umgebung erleuchtet, und nun begriff Luka, dass er vom Weg abgekommen war. Er war irgendwo zwischen zwei steile, steinige Hänge geraten und wusste nicht mehr weiter. Er folgte seinen Fußspuren wieder zurück, um auf den Pass zu gelangen. Plötzlich zuckte er heftig zusammen und erstarrte: Neben seinen Fußspuren waren deutlich die eines Wolfes zu erkennen! Er blickte sich um, konnte jedoch nichts sehen.

Er hat sich wohl versteckt, weil ich umgekehrt bin. Wahrscheinlich ist er alleine und traut sich nicht heraus,

dachte Luka und gab es auf, den Weg finden zu wollen und drehte wieder um.
Ich zünde es lieber gleich ganz an. Dann kann ich wenigstens für eine halbe Stunde im Fackelschein laufen. Er wollte gerade nach dem Feuerzeug greifen, als er es sich doch wieder anders überlegte: Na ja, allein wird er mich schon nicht anfallen. Falls ich es nicht ins Dorf schaffe, werden noch mehr dazukommen und dann werde ich die Fackel eher brauchen.
Plötzlich musste er an etwas anderes denken: Was, wenn es gar kein echter Wolf war, sondern ein Wolfsmensch? Vielleicht hat er mich schon seit meiner Abreise aus der Stadt verfolgt ...
Luka dachte nach: Wer könnte denn aus meinem Bekanntenkreis ein Wolf sein? Oder ist es wahrscheinlicher, dass ein Fremder mir folgt? Nein, einfach so geschehen solche Dinge nicht. Und falls alles schon vorherbestimmt ist, dann ist es letztendlich auch unvermeidbar. Aber wer könnte dieser Wolf sein? Warum sollte er mir von der Stadt aus nachkommen? ... Der Busfahrer? Nein, dann hätte er mir nicht die Fackel gegeben, um die Wölfe fernzuhalten. Oder wollte er mich damit nur täuschen und folgt mir jetzt auf Schritt und Tritt? Und was ist mit dem Bus? Warte, ich habe doch vorhin ein Auto gehört. Aber nur kurz, dann war das Geräusch wieder weg. Vielleicht hat er es hinter dem Hang abgestellt und schleicht mir jetzt hinterher.
»Heeeeeeeeeeehhhhhh!«, schrie er aus voller Kehle.
Die Berge antworteten ihm nicht. Der dichte Schneefall

und der auf die Berge herabgesunkene Nebel hatten seinen Schrei erstickt. Einzig der Wolf erwiderte aus der Ferne seinen Ruf.
Ich sollte lieber leise sein, sonst locke ich damit nur noch weitere Wölfe an, dachte er sich und verstummte. Warum sollte der Busfahrer mich überhaupt verfolgen? Ich kenne ihn nicht. Er hat sich sogar entschuldigt. Anscheinend hat seine Seele noch einen Funken Anstand bewahrt. Er bedauerte es ja regelrecht, dass er mich mitten auf der Strecke raussetzen musste. Nein, so ein Mann könnte nicht in Wolfsgestalt herumlaufen. Die Wolfsfrau war ganz anders, sehr zurückhaltend, fast schon gelassen, wenn sie wieder eine ihrer Schandtaten begehen wollte. Dabei fixierte sie dich und ließ dich schaudern. Nachdem sie gestorben war, kam der Hirte ins Dorf und gestand unter Tränen, dass er sie damals natürlich erkannt, sich aber zu sehr gefürchtet hatte. Der Fahrer dagegen hatte einen viel zu aufrichtigen Blick.
Nach einer Weile lag der Schnee kniehoch und das Fortkommen wurde nun schwerer. Irgendetwas huschte blitzartig an ihm vorbei. Sofort riss er wieder einen Stofffetzen ab und zündete ihn an. Ein paar Schritte vor ihm war ein Hase im Schnee versunken und vom Feuer so irritiert, dass er auf der Stelle verharrte. Die Vorderpfoten hatte er sich schützend über die Augen gelegt und seine Ohren gesenkt.
Luka löschte das Feuer und blieb stehen, er gab dem Hasen Zeit, sich wieder aus seiner Starre zu lösen. Nach

einer Weile hoppelte er weiter, und Luka ahnte, dass er den Hang hinunterlief. Vielleicht kennt er ein Dorf in der Nähe und macht sich auf den Weg, überlegte Luka, ich sollte ihm folgen. Luka suchte nach dem Stock, den er fallen gelassen hatte, und zündete seine Fackel wieder an.

Genau in diesem Moment hörte er wieder einen Wolf heulen. Dem ersten folgte ein weiterer, dann stimmten die anderen ebenfalls ein, es war ein furchterregendes Geheul.

»Ahuuuuuuuuuu!«, hallte es schaurig durch das ganze Tal.

Wahrscheinlich rufen sie den Rest des Rudels zusammen, befürchtete Luka und folgte den Fußspuren des Hasen. Der hoppelte einige Meter vor ihm hin. Man merkte, dass ihm das Vorankommen im hohen Schnee ebenfalls Mühe machte.

Nach einer Weile verstummten die Wölfe wieder.

Plötzlich vernahm Luka ein verzweifeltes Quieken. Luka streckte die Fackel in die Richtung des Hasen und sah ihn im tiefen Schnee sitzen, er hielt den Kopf erneut zwischen seinen Pfoten versteckt. Weiter hinten im Schnee kauerte ein Fuchs, der gerade zum Sprung ansetzen wollte.

»Haaa! Haaaaaaa!«, schrie Luka, und der Fuchs drehte sich ruckartig um und floh. Seinen dichten Schwanz schwang er über dem Schnee hin und her.

Mit einem Mal nahm Luka in seiner Umgebung eigenartige Schatten wahr, die sachte hin und her schlichen.

»Heeeee!«, rief er laut.
»Ahuuuuuuuuuuu!«, heulten die Wölfe um ihn herum als Antwort.
»Ouhhh!«, stieß Luka verängstigt aus und zündete zitternd die ganze Fackel an.
Das Tuch loderte auf und hüllte alles in warmes Licht. Doch in diesem flackernden Schein wirkte das Tal noch unheimlicher. Er blickte um sich und sah die Augen eines ganzen Wolfsrudels auf sich gerichtet, das ihn umkreist hatte. Den Wölfen war das Feuer sichtlich unangenehm, sie wichen ein wenig zurück, aber sie lösten den Kreis um ihn nicht auf. Sie ließen sich auf ihre Hinterpfoten nieder und fixierten ihn mit flammenden Augen.
Es gab keinen Ausweg mehr.
Solange die Fackel noch brannte, würden sie Abstand halten, das, was danach folgen würde, war ihm klar.
Er steckte die Finger in den Mund und pfiff so laut er konnte. Keiner der Wölfe rührte sich. Nur der Hase fing wieder an zu quieken.
»Was jammerst du denn rum?! Renn du doch wenigstens weg!«, schrie Luka ihn an und kam sich lächerlich dabei vor. Wo sollte er denn schon hin? Rannte er fort, würde ihn der Fuchs sich schnappen, bliebe er hier, würden ihn die Wölfe fressen.
Eine Zeitlang schwieg Luka, und auch der Hase schien sich beruhigt zu haben. Doch dann richtete er plötzlich seine Ohren auf, sprang hoch und näherte sich hopsend der Umzingelung. Die Wölfe zuckten nicht mal mit dem

Ohr, schlossen den Kreis auch nicht enger, sondern ließen den Hasen einfach passieren. Luka war enttäuscht, dass er nun doch alleine in der Falle saß.
»Heeeheeeeeheeeeee!«, schrie er und fuchtelte mit der Fackel wild um sich.
Die Wölfe saßen immer noch wie versteinert auf ihren Hinterbeinen.
Er hörte das Quieken des Hasen nun von der anderen Seite des Kreises. Mit einem Satz durchbrach er erneut die Umzingelung und verkroch sich im Schnee. Anscheinend hatte auf der anderen Seite der Fuchs schon auf ihn gewartet.
»Heeeheeeeeheeee!«, schrie Luka wieder um Hilfe.
»Iiiiiiiiii!«, stimmte der Hase mit ein.
Das Flackern der Fackel wurde allmählich schwächer. Die Wölfe schlossen den Kreis um Luka und dem Hasen einen Schritt enger. Zuerst war es Luka nicht aufgefallen, doch bei abnehmendem Licht wurde das Herannahen immer deutlicher. Nun gab es wirklich kein Entkommen mehr, er schrie und pfiff durch die Zähne, fuchtelte immer wilder mit der Fackel herum und sah nur noch Funken vermischt mit den leuchtenden Wolfsaugen.
Die Wölfe tasteten sich Stück für Stück näher heran. Sie schlossen den Kreis langsam und synchron enger.
Plötzlich hörte Luka von irgendwoher einen Mann rufen. Einmal. Noch einmal.
»Heeeeeeee!«, krächzte er kraftlos, vom vielen Schreien hatte er fast keine Stimme mehr.

Er merkte kaum noch, wie der Mann in den Kreis stürzte und ihm die Fackel aus der Hand riss.
Die Wölfe verharrten reglos. Zuerst starrten sie den Mann eindringlich an, dann zogen sie ihre Schwänze ein und von Jaulen und Knurren begleitet stoben sie auseinander und verschwanden in der Dunkelheit.
»Haben sie dir einen Schrecken eingejagt?«, fragte der Mann lächelnd und drehte sich zu Luka um, der stocksteif dastand.
»Nein ... ähm ... doch, haben sie«, brachte Luka endlich heraus.
»Ich habe deine Schreie und Pfiffe gehört und den Schein der Fackel gesehen, als ich daraufhin die Wölfe bemerkte, bin ich gleich hergeeilt.«
»Und Sie? Hatten Sie keine Angst?«
»Ich? Nein!«, antwortete er knapp. »Komm, du kannst die Nacht bei mir verbringen. Deinen Weg kannst du morgen fortsetzen, falls das Wetter mitspielt und es keine Lawinen gibt. Aus welchem Dorf kommst du denn?«
»Aus dem Dorf ganz hinten im Tal. Es liegt auf dem Hügel neben dem Fluss, da komme ich her.«
»Und, hat dein Dorf etwa keinen Namen?«, scherzte der Mann.
»Doch, hat es. Ich dachte nur, du wüsstest, welches ich meine.«
»Klar weiß ich es, ich bin dort geboren und aufgewachsen.«
Luka betrachtete den Mann genauer, doch er konnte sich nicht an ihn erinnern.

»Spar dir das, du wirst mich nicht kennen. Es ist schon lange her, dass ich dort war. An dich kann ich mich aber ebenso wenig erinnern. Wessen Namen trägst du?«

Luka nannte ihm seine Vorfahren.

»So«, sagte der Mann, »aber jetzt komm erst mal mit, den Rest kannst du mir später erzählen. Wie heißt du eigentlich mit Vornamen?«

»Luka.«

»Dein Großvater hieß auch Luka, nicht wahr?«

»Ja, das stimmt.«

»Ich bin Tedo. Tedo, Tevdore, wie's dir gefällt.«

»Dann Tevdore, Onkelchen.«

Tevdore schmunzelte: »Stimmt ja, ich könnte wirklich dein Onkel sein. Nicht mehr lange, dann bin ich schon sechzig.«

Tevdore ging voraus, Luka folgte ihm.

»Moment, Onkelchen«, sagte Luka kurz darauf und kehrte um.

»Was ist denn?«

»Der Hase.«

Tevdore folgte ihm. Der Hase saß noch immer dort im Tiefschnee, mit herunterhängenden Ohren und den Kopf unter den Pfoten verborgen.

»Hey«, rief Luka ihm zu. »Schluss mit dem Versteckspiel, die Wölfe sind längst weg.«

Der Hase bewegte sich kein Stück. Luka wollte ihn gerade anstupsen, da gab sein kleiner Körper nach und versank leblos im Schnee.

»Er hat sich wohl zu Tode erschreckt«, sagte Luka und schaute Tevdore traurig an.
»So ist das Leben nun mal. Komm jetzt.«
Luka bedeckte den toten Hasen mit Schnee, dann gingen sie weiter. Schritt für Schritt bahnten sie sich ihren Weg durch kniehohen Schnee. Tevdore blieb mehrmals stehen und schien Witterung aufzunehmen. »Die haben sich aber schnell aus dem Staub gemacht.«
»Du hast ihnen ja auch ordentlich Angst eingejagt.«
»Wahrscheinlich hatten sie dich eine ganze Zeitlang verfolgt.«
»Sie haben nur auf den richtigen Moment gewartet, um mich zu zerfleischen«, fügte Luka nachdenklich hinzu.
Tevdore musste abermals schmunzeln, er klopfte ihm auf die Schulter und sagte: »Haben sie aber nicht, mach dir also darüber keine Gedanken.«
Bald darauf kamen sie zu einem steilen Hang. Als sie ihn erklommen hatten, konnten sie auf der anderen Seite die schwachen Umrisse eines Dorfes erkennen, nur ein einzelnes brennendes Licht war zu sehen.
»Und das ist mein Dorf«, sagte Tevdore stolz.
»Bist du der Einzige, der dort wohnt, Onkelchen?«, fragte Luka.
»Ja, ich bin der Einzige, der geblieben ist. Die anderen ziehen den Winter über hinunter ins Tal. Mir ist es hier oben lieber. Von hier aus sieht man die Berge am besten, und im Winter sorge ich dafür, dass die Wölfe Reisenden wie dir nichts tun. Abgesehen davon hab ich mich

schon längst an die Einsamkeit gewöhnt«, sagte Tevdore leicht spöttisch.
An seinem Haus angekommen, klopften sie sich auf der Terrasse den Schnee ab. An einem Pfosten gleich neben dem Eingang war ein Schäferhund angebunden, der den Gast neugierig beäugte und heftig mit seinem flauschigen Schwanz wedelte.
»Wieso ist er angebunden?«, fragte Luka. »Er sollte herumlaufen und die Wölfe vertreiben. Dem kann doch eh keiner etwas anhaben.«
»Wenn ich ihn losbinde, würden sie ihn in den Wald locken, und das ganze Rudel würde sich auf ihn stürzen. Ich kenne die.«
Luka hatte den Eindruck, dass dieser Mann bestens wusste, wovon er sprach. Das große Wohnzimmer wurde nur von einer Lampe erleuchtet, es herrschte eine wohlige Wärme. Sofort machte sich Lukas leerer Magen bemerkbar, der Hunger war ihm förmlich anzusehen.
»Setz dich und wärm dich auf. Ich bringe dir gleich was zu essen«, sagte Tevdore freundlich.
Er warf Holz nach und ließ die Flammen aufzüngeln. Durch die Wärme verdampfte die Feuchtigkeit aus Lukas Kleidung.
Tevdore ging in das anliegende Zimmer und kam kurze Zeit später mit einem kleinen dreibeinigen Beistelltisch zurück und legte Luka etwas zu essen hin. Er selbst setzte sich gleich neben ihn auf einen Dreifuß.
»Im Leben braucht man nicht viel, drei Stützen reichen

aus. Gedankt sei der Dreifaltigkeit«, sagte Tevdore und brach das Brot.
Mehr als der Dreifaltigkeit war Luka diesem poetisch gesinnten Mann dankbar und betrachtete ihn eingehender. In Tevdores Brusttasche steckte eine verwelkte Blume, die von ihrer Farbpracht jedoch nichts eingebüßt hatte.
»Du scheinst eine Schwäche für Blumen zu haben, Onkelchen«, sagte Luka.
»Ach, das ist eine lange Geschichte.«
»Die Geschichte dieser Blume?«
»Ja, diese, aber auch meine und die meiner Vorfahren. Deiner übrigens auch. Hätte es diese Blume nicht gegeben, würdest du heute wahrscheinlich nicht bei mir sitzen.«
»Was ist das für eine Blume, und was hat das denn mit mir zu tun?«, wunderte sich Luka. Tevdore goss Honigschnaps in die Trinkhörner und sprach einen Trinkspruch:
»Auf die Dreifaltigkeit! Mögen die Heiligen uns ihren Segen geben. Auf dass uns der Liebe nie mangeln solle. Möge es unseren Freunden gut ergehen und die Feinde uns fernbleiben.«
»So sei es«, stimmte Luka zu.
»Den Schnaps hier kann ich mein Eigen nennen. Bienen habe ich reichlich und an Honig mangelt es mir ebenso wenig«, sagte Tevdore.
»Onkelchen, was hat die Blume mit deinen oder meinen Vorfahren zu tun? Und überhaupt, was soll ich

den Meinen erzählen, wer mir das Leben gerettet hat?«

»Ich kenne fast jeden dort und jeder von ihnen kennt meine Geschichte. Meine Herkunft fängt mit dieser Blume an.«

»Wie das denn?«

»Diese Blume hier ist mein Vater.«

»Oh«, lächelte Luka gezwungen. Gleichzeitig fragte er sich, ob Tevdore verrückt war – es wäre ihm vorher nicht aufgefallen. Er dachte daran, wie Tevdore todesmutig in den Kreis der Wölfe gesprungen war. Niemand, der klaren Verstandes war, hätte so etwas gemacht. Und wie schnell sich die Wölfe bei seinem Anblick davongemacht hatten – fürchteten sich Wölfe auch vor Wahnsinnigen? Andererseits hatte Tevdore danach völlig normal gewirkt. Luka war verunsichert.

»Ich weiß schon, was du denkst. Wie kann eine Blume mein Vater sein? Aber so ist es eben, was will man machen. Es war der Wunsch der heiligen Dreifaltigkeit.«

Was hat er denn die ganze Zeit mit dieser Dreifaltigkeit?, fragte sich Luka.

»Ohne den Schutz der Dreifaltigkeit hätte sich die Menschheit längst in eine Horde Wölfe verwandelt. Siehst du denn nicht, wie sehr sie sich vermehrt haben? Die Welt verkommt zunehmend zu einem einzigen Kadaver.«

»Welche Welt meinst du damit?«, fragte Luka irritiert.

»Es gibt nur die eine. Welche andere Welt kennst du denn noch? Hier sind wir und das göttliche Gebot. Das

Recht der Wölfe ist aber ein völlig anderes, denn es wird von einem anderen geschrieben und hat nichts mit dem göttlichen Gebot gemein. Ohne den heiligen Geist würde die Welt den Wölfen gehören. Von wo kamst du eigentlich her?«

»Aus der Stadt.«

»Aha. Bist du in der Stadt denn nie einem Wolf begegnet?«

»Nein, wie denn auch?«

»Es gibt mehr, als du zählen könntest. Aber sie sind schwer zu erkennen, denn sie haben eine menschliche Gestalt. Dabei nehmen sie Besitz von der Seele des Menschen und bringen ihn dazu, weitere zu seinesgleichen zu machen. Bei dem, der seine Seele nicht in Gottes Hand legt, nistet sich sofort der Wolf ein. So Gott will, wird er die Welt nicht den Wölfen überlassen«, bekreuzigte sich Tevdore. »Wahrscheinlich ist jede Blume eines Jemanden Vater, doch es ist schon zu viel Zeit vergangen und wir erinnern uns nicht mehr daran, von welcher Blume wir abstammen«, sprach Tevdore weiter.

Jetzt spricht er wirklich wirr, dachte Luka.

»Du denkst dir bestimmt, was tischt mir dieser Mann nur für Märchen auf. Nicht wahr, Luka?«

»Nein, ganz und gar nicht«, log Luka.

»Diese Blume war mein Vater. Er hieß Tandila. Im ganzen Tal war er für seinen Edelmut und seine Frömmigkeit bekannt. Wenn er über die Felder lief, sagte er stets bedrückt: ›Könnt ich doch durch die Lüfte schreiten, so müssten die Blumen sich nicht unter meiner Last neigen.‹ Du kennst sicher die Redewendung: ›Er konnte keiner Fliege etwas zuleide tun.‹ Genau so einer war mein Vater. Vor der Ameise würde er stehen bleiben, seinen Hut ziehen und sich zum Himmel wenden: ›Gelobt sei die Allmacht der heiligen Dreifaltigkeit. Sieh, zu welcher großen Leistung sie dieser kleinen Ameise verhilft. Allein die Kraft der Liebe vermag es, solch eine Last zu tragen.‹

Wir Kinder liebten ihn sehr, wir schwirrten stets um ihn herum. Er sprach mit uns, als wären wir ebenbürtig. In seinem Leben hatte er viel Leid erfahren, doch nie habe ich ihn klagen gehört. Er konnte jedem vergeben, man konnte nicht anders, als ihn zu lieben. Er hat lange gelebt, sehr lange. Die Menschen kamen, um ihn zu sehen, und wunderten sich, denn in diesem Tal war noch nie einer so alt geworden. Mein Vater war ein friedfertiger Mensch, er nahm das Alter gelassen hin und auch den Tod erwartete er mit Gleichmut. ›Alles, was uns widerfährt, ist gottgewollt‹, pflegte er zu sagen.

Der Tod ließ sich Zeit mit ihm. Sein langes Leben wurde zum Gesprächsthema im Tal. Manche vermuteten sogar, Gott habe Tandila vergessen und er würde hier ewig bleiben.

›Sie sollten Gott nicht lästern. Was geht es sie an, wen Gott vergisst und wen nicht‹, sagte mein Vater dazu und machte es sich im Sonnenschein bequem. Er mochte es, in der Sonne zu sitzen. Er stellte seinen Dreifuß auf die Terrasse, stützte sich auf seinen Stock und genoss so die Sonnenstrahlen. Zum Ende hin schien er ab und zu mit jemandem zu schimpfen: ›Verschwindet, ihr Teufel, fort mit euch!‹

›Mit wem schimpfst du denn, Tandila?‹, fragten dann die Leute.

›Mit niemandem‹, antwortete er stets.

Eines Tages wurde er besonders wütend und warf sogar seinen Stock nach diesem niemand, der nie zu sehen war. Ich hob den Stock auf, brachte ihn ihm wieder und fragte: ›Was hast du, Vater? Mit wem schimpfst du da?‹

›Die Teufel waren bei mir. In letzter Zeit lassen sie mir keine Ruhe. ‚Siehe es endlich ein, Tandila, dein Gott hat dich vergessen. Gib uns deine Seele', das sagen sie.‹

›Du hast doch keine Angst, Vater?‹, fragte ich.

›Nein, mein Sohn. Gott vergisst niemanden‹, beruhigte er sich wieder und stützte sich auf seinen Stock.

So ging das eine ganze Weile. Die Teufel ließen nicht von ihm ab. Einmal sagte er mir: ›Sei vorsichtig, mein Sohn. Die Teufel drohen mir: ‚Wehe, du gibst uns nicht deine Seele. Denk an deinen Sohn, an ihm werden wir uns rächen.'‹

›Mach dir keine Sorgen um mich, Vater‹, sagte ich ihm tapfer, er sollte wissen, dass er wegen mir nicht nachzugeben brauchte.

Der Frühling brach an, die Erde erwachte zu neuem Leben, bunte Schmetterlinge flatterten durch die Luft. Mein Vater richtete sich im Bett auf und verharrte eine Weile so, er schien gebannt auf etwas zu lauschen. Dann lächelte er, ein Ausdruck von Zufriedenheit lag auf seinem Gesicht. Er schaute zu mir und sagte: ›Bring mich nach draußen, mein Sohn.‹ Ich half ihm auf und brachte den Dreifuß auf die Terrasse, er stützte sich auf seinen Stock und machte es sich wie immer im Sonnenschein bequem. Mit dem gleichen zufriedenen Ausdruck blickte er in die Ferne. Doch plötzlich erstarrte ich. Blumen! Sie wuchsen meinem Vater zuerst auf dem Kopf, dann allmählich auf seinem ganzen Körper. Das ganze Dorf versammelte sich auf unserer Terrasse. Mein Vater blühte in voller Pracht. Es waren eben diese Blumen, die auf ihm wuchsen, über und über war er von ihnen bedeckt. Er verströmte einen Duft, der mit Worten kaum zu beschreiben ist. Sprachlos starrten wir ihn an. Zum Schluss sah er aus wie ein einziger Blumenstrauß, der betörende Duft erfüllte die Luft. Dann kam von den Bergen her Wind auf und zerstreute die Blüten in alle Himmelsrichtungen, zurück blieb nur der dreibeinige Hocker. Damals ist keinem von uns in den Sinn gekommen, wenigstens eine davon als Andenken einzufangen. Wie hätten wir auch?! Lange Zeit standen wir da wie erstarrt, während der Wind immer weiter wehte.«

Luka schaute verwundert auf die Blume an Tevdores Brust. Tevdore füllte die Gläser und sagte: »Gott sei seiner Seele gnädig.«

»Amen!«, stimmte Luka ein.

»Seitdem ist viel Zeit vergangen. Sein Andenken haben wir nach allen Sitten und Gebräuchen in Ehren gehalten. Den vierzigsten Tag nach seinem Tod wie auch den Jahrestag haben wir auf den Tag genau gefeiert. Dennoch schien etwas seine Seele zu bedrücken. Ich sah ihn oft in meinen Träumen. Er sagte mir: ›Finde die Blume, finde die Blume!‹ Also ging ich los und suchte nach ihr. Ich habe lange gesucht, doch vergebens. Ich fing an, auf die Jagd zu gehen, vielleicht würde ich in den unzugänglichen Bergen Glück haben. Schnell fand ich Gefallen am Töten der Tiere. Zum Schluss hatte mich die Jagd so sehr in den Bann gezogen, dass ich kaum noch an die Blume dachte. Ich verlor jegliches Gefühl für Mitleid. Ich schnitt dem Hirschkalb die Kehle durch, ohne auch nur mit der Wimper zu zucken. Und so kam ich vom Weg meines Vaters ab.

Eines Tages, nachdem ich den ganzen Tag herumgepirscht war, ohne auch nur auf eine Fährte zu stoßen, wurde ich von der Dämmerung überrascht. Ich war müde. Durch die ewige Kletterei war meine Kleidung abgewetzt und bot kaum Schutz vor der nächtlichen Kälte. Und so beschloss ich, die Nacht in einer Berghöhle zu verbringen. Es war ein abgelegener Berg, felsig und fern jeglichen Lebens. Als ich spätabends zur Höhle kam, hatte ich nicht mal mehr die Kraft, ein Feuer zu machen. Aus der Tasche nahm ich ein kleines Stück Brot und etwas Käse, aß einige Bissen und hüllte mich zum Schlafen in meinen Filzmantel ein.

Ich hatte es mir zur Gewohnheit gemacht, mich jedes Mal, bevor ich mich in der Fremde schlafen legte, den Geistern des Ortes zu versichern.

›Wacht über mich, ihr Geister!‹, flüsterte ich, ohne mich zu bekreuzigen, so überzeugt war ich davon, dass jeder Ort einen gutmütigen Schutzgeist hatte.

Ich schlief sofort ein.
In meinen Träumen sah ich in der Ferne meinen Vater, der mich traurig anschaute und mir zurief:
›Du musst die Blume finden, mein Sohn. Finde sie!‹
Um ihn herum war alles hell erleuchtet, wo ich stand, herrschte jedoch tiefe Finsternis.
Plötzlich wurde ich aus meinem Traum gerissen.
›Stepao! Der Doraier ruft nach euch!‹, rief jemand in die Höhle hinein.
›Ich kann nicht, ich habe einen Gast, über den ich zu wachen habe‹, antwortete ein anderer gleich neben mir.
›Dann nehmt euren Gast mit! Nehmt ihn mit!‹, antwortete die Stimme von draußen.
Ich richtete mich auf.
Ich zitterte am ganzen Leib.
Ein silbernes Licht erhellte die Höhle, und ich sah einen Mann vor mir stehen.
›Komm Tedo, wir sind eingeladen‹, sagte der Mann.
›Bei wem?‹
›Hab keine Angst, du wirst dort alles erfahren. Und nun steh auf, immerhin hast du dich in meine Obhut begeben. Den Rest überlasse mir.‹
›Wer bist du?‹
›Ich bin Stepao, der Geist dieses Ortes.‹
Ich erschauderte. Mir war, als würden Ameisen mich am ganzen Körper beißen.
›Komm jetzt! Steh auf‹, drängte er mich.
Ich ging mit, was blieb mir schon übrig, er war der Geist des Ortes. Woher hätte ich auch wissen können, dass

nicht alle Orte von gutmütigen Geistern bewacht werden? Ich folgte ihm also nach draußen.
›Sieh an, du hast Tevdore zu Gast‹, sagte der Bote.
Als ich sein Gesicht sah, richteten sich meine Nackenhaare auf: Es war eine Frau. Luka, du wirst dich bestimmt nicht mehr daran erinnern, damals warst du noch zu klein, aber sie hat einst in eurem Dorf gelebt. Damals hatte sie ihren Wolfsschwanz versteckt, und nachdem sie erschlagen wurde, warfen die Dorfbewohner sie in eine Schlucht, anstatt sie zu begraben. Und nun stand sie vor mir!
›Wie geht es dir, Tevdore?‹, lächelte sie mich mit ihren großen Augen an. ›Kommt jetzt, lasst uns keine Zeit verlieren‹, mahnte sie und eilte mit schnellen Schritten voran.
Wir liefen über schmale Pfade, erklommen steile Hänge und stiegen hinab in ein abgeschiedenes Tal. Eine Zeitlang liefen wir in völliger Finsternis – man konnte seine Hand nicht vor den Augen sehen. Schließlich kamen wir auf ein Feld, das vom Mond in bläuliches Licht getaucht wurde. Dort herrschte reges Treiben, Scharen von Gästen liefen umher, setzten sich an lange Tischreihen. An einigen dieser reich gedeckten Tische saßen Wölfe, an anderen Katzen und wieder an anderen Teufel. Das Festgelage wurde von dem Gastgeber überwacht – der Doraier – er sorgte für Ruhe und Ordnung.
Die Gäste gingen nacheinander zu ihm und berichteten ihm, was sie alles in dieser Nacht getan hatten. Er hörte ihnen zu und gab eine Anweisung nach der anderen.

Um ihn herum standen seine Wachen und passten auf, dass ihm niemand zu nahe kam.
Der Doraier rief etwas, woraufhin die Tamadas, die Tischredner, sich um ihn versammelten.
Die Besprechung begann.
Sie verhandelten.
Dann schien jemand den Zorn des Doraiers auf sich zu ziehen, woraufhin sich die anderen wütend auf ihn stürzten. Er wurde so lange gefoltert, bis sie ihn zum Sprechen gebracht hatten. Danach wurde er mit einem Strick gefesselt und in ein Loch geworfen.
Der Doraier schien zufrieden zu sein.
Die Gefolgschaft umschwirrte ihn wieder, erstattete weiter Bericht und zeigte schließlich auf mich.
Sogleich wurde ich zu ihm gebracht.
›Wessen Namen trägt er?‹
›Tandilas. Er ist der Sohn des Mannes, der uns seine Seele nicht überlassen wollte.‹
›Verstehe. Er war gewarnt, dass seine Nachfahren dafür büßen würden?‹
›Das war er. Seine Seele hat er uns dennoch nicht überlassen.‹
›Und was sagt ihr? Welche Gestalt sollen wir ihm geben?‹
›Die des Wolfes!‹, riefen die Wölfe.
›Die der Katze!‹, schlug der Vertreter der Katzen vor.
›Wir sollten ihn besser zu den Menschen zurückschicken. Er soll weiter in den Dörfern leben und uns dienen. Und wenn seine Dienste es erfordern sollten,

kann er sich aussuchen, welche Gestalt er annehmen will‹, schlug ein anderer vor.
›Nein, ihn in seiner Menschengestalt zu lassen, würde uns nichts bringen. Im Gegenteil, er könnte die Blume finden‹, entgegnete Stepao.
Sie berieten sich und kamen zum Entschluss: ›Er soll zum Wolf getauft werden!‹
Sogleich brach am Tisch der Wölfe ein Freudengeheul aus.
›Zieht ihn aus!‹, befahl der Doraier.
Sie nahmen mir meine Kleider ab und ließen mich stehen, wie Gott mich geschaffen hatte.
›Ein Strick!‹, verlangte der Doraier.
Die Untertanen schwärmten aus und rupften Gras, das sie zu einem Strick drehten. Sie knüpften ihn mir um den Hals.
Der Doraier hatte nur ein einziges Auge auf der Stirn und ließ seinen einäugigen Blick hin und her wandern.
›Lasset ihn uns zum Wolf taufen!‹, sagte der Zeremonienmeister feierlich. ›Von heute an soll er Wolf sein und nur Wolf. Seine Gestalt sei nicht die des Menschen, nicht die der Katze und auch nicht die der Teufel. Von heute an soll er unserem Herren ein treuer Diener sein und all seinen Befehlen gehorchen:
Von heute an soll er Blut trinken und Aas meiden.
Von heute an soll er keine Gnade zeigen vor den Kindern der Menschen.
Hüten soll er sich, die Wölfe zu verraten!
Hüten soll er sich, den Kreis bei der Jagd zu brechen.

Hüten soll er sich, gegen seinen Leitwolf aufzubegehren. Mögen unsere Beschlüsse unumstößliches Gesetz für ihn sein und möge dieser Strick ewiges Zeichen seiner Wolfsnatur sein!‹
›Getauft soll er sein!‹, verkündete der Doraier.
Der Strick um meinen Hals wurde festgezogen, und ich wurde zum Wolf.
›Blut!‹, verlangte der Doraier weiter.
Sie holten einen Eimer Wolfsblut und schütteten es mir über.
So wurde ich zum scharlachroten Wolf.
Die Wölfe nahmen mich mit an ihren Tisch und wiesen mir einen Platz zu.
Ich setzte mich auf meine Hinterbeine.
Ich heulte auf. Die anderen stimmten ein.
›Es ist Zeit für den Wettkampf der Wölfe!‹, rief der Doraier.
Etwas abseits des Gelages ragte ein Felsvorsprung hervor, von dem Eiszapfen herunterhingen.
Jeder Wolf hatte drei Versuche: Wer es schaffte, mit jedem Heulen einen Eiszapfen herunterzuholen, der würde zum Leitwolf ernannt und es so lange bleiben, bis er seine Pflicht erfüllt hätte. Sollten es mehrere schaffen, dann würden sie zu einem größeren Felsvorsprung gebracht, und man ließe sie noch einmal gegeneinander antreten.
Ein Horn wurde geblasen und der Wettkampf begann.
Einzeln traten die Wölfe zu dem Felsvorsprung, reckten ihre Köpfe nach oben und heulten auf. Eiszapfen nach

Eiszapfen fiel klirrend herunter, doch es war noch kein Sieger gefunden.
Und so kam ich an die Reihe. Ich heulte los.
Einmal.
Zweimal.
Dreimal.
Beim dritten Mal löste sich endlich ein Eiszapfen. Als er mit der Spitze voraus herunterfiel und zerschellte, traf mich ein Eissplitter am Kopf. Als ich wieder zur Besinnung kam, saßen die Wölfe im Kreis um mich herum. Es war sonst niemand mehr da, weder der Doraier noch irgendeiner der Geister oder Teufel, und auch mein Schutzgeist hatte mich verlassen.
›Komm, steh auf‹, stieß mich ein alter Wolf, der Basa hieß, mit seiner Pfote an.
Während ich bewusstlos gewesen war, hatte er den Wettkampf anscheinend für sich entschieden. Basa ging voraus und wir folgten ihm, einer nach dem anderen. Die restlichen Wölfe hießen Jalaba, Boghra, Jghuna, Apareka, Cicilo, Pepo, Koja, Jakho, Korai und so weiter. Wir waren sehr viele, an all ihre Namen kann ich mich nicht mehr erinnern.
Wir stiegen den Hang hoch, überquerten den Kamm und kamen zu den Alpenrosenwiesen.
Langsam schlichen wir uns an ein Dorf heran.
An einer Stelle hielten wir kurz inne und lauschten.
›Auuuuuhhh!‹, erklang es aus dem Dorf.
›Das ist sie!‹, erklärte der Leitwolf und antwortete ebenfalls mit einem Geheul.

Von der anderen Seite kam prompt die Antwort.
Wir schlichen uns weiter den Hang hinunter. Als wir an einem Bach ankamen, hörten wir vom Dorf jemanden näher kommen, wir duckten uns und pressten unsere Körper an den Boden. Aus dem Gebüsch trat eine Frau, die einen Wasserkrug auf ihren Schultern trug. Sobald sie sich dem Bach genähert hatte, stellte sie den Krug ab, wälzte sich auf dem Boden und verwandelte sich in einen Wolf.
Der Leitwolf gab ihr ein Zeichen, woraufhin sie zu uns kam.
›Was kannst du uns über Donata berichten?‹, fragte Basa.
›Sie schweigt, wie immer.‹
›Hat sie nicht vor, das Dorf zu verlassen?‹
›Woher soll ich das wissen? Sie ist stumm. Wer kann schon wissen, was sie im Sinne hat?‹
›Nun gut. Auf der Versammlung hat man mich zum Leitwolf ernannt. Der Doraier hat ihren Tod befohlen.‹
›Ich werde euch Bescheid geben, sobald sie das Dorf verlässt.‹
›Wir werden bei den Alpenrosen auf sie warten. Wir zählen auf dich.‹
Die Wölfin lief den Hang hinunter, wälzte sich auf dem Boden, nahm ihre menschliche Form an, füllte ihren Krug und trug ihn ins Dorf zurück. Ich glaube, es war sogar dein Dorf damals. Aber in eurem Dorf lebte nicht nur eine Wolfsfrau. Die, von der ich spreche, hieß Zazo.«
»Zazo?«, wunderte sich Luka.

»Ja. Sie starb, ohne dass ihr jemand auf die Schliche gekommen war. Auf der Welt wimmelt es nur so von ihresgleichen. Wie dem auch sei, kurze Zeit später gab uns Zazo ein Zeichen.
Wir reihten uns hinter Basa auf und folgten ihm.
Wir schlichen Donata eine ganze Weile hinterher. Die alte Frau lief einen Berg hoch. Als es langsam anfing zu dämmern, hielt sie für eine kurze Rast inne und ruhte sich aus.
›Wir müssen es jetzt tun, sonst bleibt uns keine Zeit mehr, bis der Mond aufgeht‹, befahl Basa.
Wir umzingelten Donata.
›Und, wer will der Erste sein?‹, fragte Basa hämisch.
Die anderen Wölfe zögerten.
Keiner von uns wollte der Erste sein, der zubiss.
›Ich werde es tun‹, sagte Jalaba schließlich.
›Dann mach schnell‹, befahl Basa.
Jalaba schlich sich noch näher an sie heran, dann tat er einen kräftigen Satz und fiel über sie her. Dann folgten auch wir ihm.
Nachdem kein Tropfen Blut mehr übrig war, stiegen wir den Berg weiter hoch. Oben standen die Ruinen des Klosters, in dem einst die Mönche gelebt hatten. Dort angekommen, stillten wir unseren Durst mit eiskaltem Wasser und blickten zufrieden auf die Welt unter uns. Hinter uns ging der Mond allmählich auf. Wir liefen auseinander und suchten Schutz vor ihm.
Falls jemand die Seele der armen Frau geholt hat, dann war es der Mond.«

Tevdore goss sich Schnaps nach und brachte einen Trinkspruch aus.
»Auf Donatas Seele. Möge ihr Schöpfer sie ins Licht führen.«
»Amen«, sagte Luka nur.
»Trink doch, das wird dir gut tun nach der Reise.«
»Nein danke, mir ist nicht danach.«
»Wie du magst, aber einen kleinen Schluck wirst du nehmen müssen, damit der Segen auch ankommt.«
Luka nahm einen Schluck vom Honigschnaps. Der Alkohol ließ seinen Körper von innen warm werden. Er schaute zu Tevdore.
»Was schaust du mich denn so an? Keine Angst, mein Junge, meine Tage als Wolf sind schon lange gezählt. Aber wenns dir Angst macht, höre ich auf zu erzählen.«
»Nein, erzähl weiter, Onkelchen. Ich habe keine Angst«, entgegnete Luka, musste sich aber eingestehen, dass er eigentlich doch Angst hatte.
»So war das damals, mal war der eine, mal der andere der Leitwolf. Ich habe volle sieben Jahre meines Lebens als Wolf gefristet, doch kein einziges Mal durfte ich das Rudel anführen. Nicht ein einziges Mal schaffte ich es, drei Eiszapfen herunterzuheulen. Immer musste ich in den Spuren anderer laufen. Immer habe ich die Befehle anderer befolgt. Du kannst dir kaum vorstellen, welche Geltung es dir verschafft, der Leitwolf zu sein. Du schreitest voran mit stolzgeschwellter Brust und hinter dir folgt dein Rudel in Reih und Glied. Du hältst inne, und schon bleiben sie wie versteinert stehen. Du gibst

einen Befehl, und kaum hast du dich umgeschaut, da ist er schon erledigt. Du weichst vor niemandem und beugst dich keinem. Du strotzt nur so vor Kraft und wetzt die Zähne. Das Einzige, das du zu fürchten hast, ist der Mond – er treibt dein Rudel auseinander, so dass sie dir nicht mehr gehorchen. Aber sonst hast du keine Sorgen. Auch in der finstersten Nacht hast du dein Ziel klar vor Augen. Und das Wichtigste ist: Du hast kein Gewissen. Du stürzt dich auf dein Opfer, ohne Mitleid, ohne Reue. Das heißt es, ein Leitwolf zu sein.«

»Was hat es mit dem Mond auf sich?«, fragte Luka.

»Der Mond trägt den Geruch von Aas mit sich.«

Tevdore schwieg für einen kurzen Moment und schaute nachdenklich vor sich hin. Dann erzählte er weiter:

»Einmal fielen wir über eine Herde weidender Rinder her. Wir umzingelten eines von ihnen und schlossen den Kreis immer enger, während das Tier verzweifelt versuchte, den Kreis zu durchbrechen. Doch wir Wölfe haben geschworen, den Kreis stets geschlossen zu halten. Das Gesetz der Wölfe ist unumstößlich, und wehe dem, der die Beute entkommen lässt. Es gibt nichts Gefährlicheres als einen hungrigen Wolf.

Als wir den Kreis immer enger zogen, erkannte ich plötzlich, dass es eins meiner eigenen Rinder war. Ich weiß nicht mehr genau, woran ich es wiedererkannt habe. Wahrscheinlich an seinen Augen, immerhin hatte ich es mit der Hand aufgezogen. Wahrscheinlich hatte es mich ebenfalls erkannt, denn es kam direkt auf mich zu. Vielleicht auch nur, weil ich unter all den Wölfen der einzige mit scharlachrotem Fell war. Ich wollte gerade zum Sprung ansetzen, da hielt das Rind inne, seine Nüstern blähten sich auf und seine Halsschlagadern traten hervor. Es machte den Anschein, als würde es gleich losrasen, da verengten wir den Kreis. Ich biss als Erster zu, die anderen taten es mir nach. An jenem Tag hatte ich mir das Lob des Leitwolfes verdient.

Und trotzdem kam ich nie in den Genuss, ein Rudel anzuführen. Auf Geheiß der Leitwölfe beging ich Tausende von Wolfstaten. Den Kreis habe ich dabei nie gebrochen. Wenn ich jetzt darüber nachdenke: Ich habe so viele Sünden begangen, ich wüsste nicht, wo ich anfangen sollte. In all dieser Zeit gab es nur einen Tag, der meine Sünden vielleicht aufwiegen könnte. Dieser ereignete sich zu Jalabas Zeit – Jalaba war stark und geschickt, ein geborener Leitwolf. Sein Geheul bei den eisbehängten Felsen war so inbrünstig, dass man hätte glauben können, der ganze Fels würde herabfallen. Er hatte glänzendes, aschgraues Fell und genoss bei den Älteren großes Ansehen. Rastlos führte er uns über die Berge. Er kannte keine Gnade, und die Sünden, die er begangen hatte, wenn auch nur die, die ich gesehen hatte, waren so zahlreich, dass ich sie nie alle aufzählen könnte.

Eines Tages führte er uns zu einem Dorf, in dem ein junges, verliebtes Paar lebte. Zur Dämmerung würden sie sich aus dem Dorf schleichen und sich unter einem Eichenbaum treffen. Meistens war der Junge zuerst da und wartete auf sein Mädchen. Die Eiche stand in einiger Entfernung zum Dorf und gleich dahinter fing schon der Wald an, in dem wir auf der Lauer lagen. Das junge Pärchen tauschte bis spät in die Nacht noch Zärtlichkeiten aus. Ich hatte den Eindruck, dass sie so sehr versunken waren, dass sie es nicht einmal gemerkt hätten, wenn das ganze Wolfsrudel sich mit lautem Geheul auf sie gestürzt hätte.

Jalaba hatte sich schon lange die Pfoten nach ihnen geleckt. Jetzt, wo er das Rudel anführte, sah er seine Chance gekommen. Doch er hetzte sich nicht, er wollte den Moment auskosten. Und so wohnten wir von unserem Versteck aus der Vermählung der beiden bei. Der Bräutigam schritt mit solch geschwellter Brust voran, dass man hätte glauben können, er würde gleich abheben. Die Braut folgte ihm wie ein scheues Reh. Die Hochzeitsfeier zog sich über zwei Tage und zwei Nächte. Am dritten Tag sollte ihr gemeinsames Leben endlich beginnen. Als das Mädchen zum Bach lief, ging im Dorf plötzlich ein Schuss los.

Durch den lauten Knall fiel ihr der Wasserkrug aus der Hand und zerbrach in tausend Stücke. Erst schaute sie entsetzt auf die Scherben, dann drehte sie sich um und rannte ins Dorf zurück. Ein Nachbar hatte ihren geliebten Ehemann getötet, aus Eifersucht, weil er sie nicht haben konnte.

Die Wehklagen im Dorf hielten eine Woche lang an. Anschließend geleitete die junge Braut ihren toten Mann mit aufgelöstem Haar und unter herzzerreißendem Schluchzen zum Friedhof.

Ihr schmerzerfülltes Klagen hätte sogar ein eisernes

Herz erweicht, sogar wir empfanden Mitleid für das arme Mädchen. Nur Jalabas Miene blieb unverändert. Er wartete noch immer auf den richtigen Moment.
Auch nach dem Ableben ihres geliebten Mannes ging das Mädchen in der Dämmerung zum Eichenbaum, nun aber ganz in Schwarz, um ihre große Liebe zu beweinen.
Eine Nacht verging.
Eine weitere.
Eine dritte.
Eines Tages, als sie wieder mal in ihrer Trauer versunken war, erschien ihr der Geist ihres verstorbenen Mannes.
Das Mädchen erschrak zuerst, doch dann schrie sie freudig auf und warf sich um seinen Hals. Von da an trafen sie sich wieder täglich unter dem Baum. Die ganze Nacht über liebkosten sie einander, aber zur Morgendämmerung verschwand ihr Mann stets, als gäbe es eine Frist. Das Mädchen flehte ihn jedes Mal an:
›Bitte geh nicht, lass mich nicht allein zurück.‹
Doch es half nichts, pünktlich zur Dämmerung blieb sie allein zurück.
Eines Abends während eines ihrer Treffen richteten sich Jalabas Nackenhaare auf.
›Folgt mir‹, befahl er und lief voraus.
Doch wir rührten uns nicht vom Fleck. Er stürzte sich auf das Mädchen und riss sie mit seiner üblichen Geschicklichkeit. Eine ganze Weile labte er sich an ihrem Blut.
›Wieso tust du das, mein Liebster, wieso tötest du

mich?‹, hatte sie noch geschrien – sie hielt Jalaba für den Geist ihres Mannes. Der jedoch konnte nichts anderes tun, als zuzuschauen, bis auch seine Zeit um war. Jalaba kam zurück und brüllte uns wegen unseres Ungehorsams an.

Von da an vergab er uns nichts mehr.

Eines Tages beobachteten wir ein Dorf, das an den Hängen eines tiefen Tals gelegen war.

Jalaba führte uns an.

Morgens schneite es noch. Als es endlich aufhörte, kam ein stattlicher junger Mann aus dem Dorf und lief den Hang hinunter. Seine Mutter stand noch eine Weile vor dem Haus und blickte ihrem Sohn hinterher.

Der junge Mann hinterließ seine Fußspuren in dem frisch gefallenen Schnee.

Nach einer Woche vernahmen wir das Schreien und Weinen der Dorffrauen.

Wir horchten auf.

Auf einer Totenbahre wurde der Junge ins Dorf getragen. Die Mutter lief ihnen entgegen, doch auf halbem Weg verließen sie die Kräfte.

Der Frost kam.

Die klaren Nächte wurden vom Mondschein erhellt.

Doch vom Hunger geplagt, achteten wir nicht mehr auf den Mond.

Ein erneuter Schneefall ließ auf sich warten, so dass die Fußspuren des Mannes noch lange zu sehen waren. Die trauernde Mutter ging tagtäglich an den Fußspuren ihres Sohnes entlang und küsste sie zärtlich.

Eines Nachts, als die schwarzgekleidete Frau wieder küssend den Fußspuren folgte, richteten sich Jalabas Haare abermals auf. Mit der Pfote signalisierte er uns, ihm zu folgen, und eilte voraus.
Wir folgten ihm.
Ich holte ihn ein.
Nun liefen wir gemeinsam an der Spitze.
Er schaute mich an.
Er bedeutete mir, hinter ihm zu bleiben.
Ich ließ mich kurz zurückfallen, sprang dann aber mit einem großen Satz auf ihn.
Mein Plan ging auf.
Ich warf Jalaba zu Boden und verbiss mich in seinen Hals. Die anderen taten es mir nach.
Er heulte, ächzte, wollte einfach nicht aufgeben.
Zuletzt verstummte er.
Und auch die Umgebung hüllte sich in Stille.
Im Schnee lag der zerfleischte Leitwolf.
Die Mutter, in ihre Trauer vertieft, hatte von alledem nichts mitbekommen. Sie hörte auch nicht, als jemand im Dorf nach ihr rief: ›Komm zurück, Salome, komm endlich! Hörst du nicht das Geheul der Wölfe?‹
Salome saß da und küsste die letzten Spuren ihres Sohnes.
Am Himmel hing der Vollmond.
Allmählich stieg eine einzelne Wolke hoch. Auf ihrem Weg über den Himmel schwoll sie an, bis sie groß genug war, um es schneien zu lassen. Der Schnee fiel dicht und schon bald war nichts mehr zu sehen.

Es schneite auch am nächsten Tag weiter.
Am dritten Tag, als sich das Schneegestöber endlich gelegt hatte, waren die Fußspuren verschwunden – und auch Salome wurde nie wieder gesehen.«
»Hat man dich dafür denn nicht zur Rechenschaft gezogen?«, fragte Luka Tevdore.
»Nein, niemand hat je etwas davon erfahren, sonst hätte man keinen von uns am Leben gelassen. Das Gesetz der Wölfe ist unantastbar. Hatten wir etwas beschlossen, so wurde es ausgeführt. Wir hatten beschlossen, darüber zu schweigen, damit nichts bis zum Tribunal der Wölfe durchsickerte. Jeder von uns hatte insgeheim einen Groll gegenüber Jalaba gehegt, nur hatte sich nie einer getraut, etwas gegen ihn zu unternehmen. Dass ich der Erste war, der sich ihm widersetzte, brachte mir den Respekt der anderen ein. Von da an behandelten mich alle Leitwölfe mit Respekt und Achtung. Wenn wir einander in Reih und Glied folgten, dann war ich an zweiter oder an dritter Stelle. Insgeheim misstrauten sie mir wohl. Denn wer wusste schon, ob ich, der ich an zweiter oder dritter Stelle folgte, mich nicht wieder auf den Leitwolf stürzen würde wie damals bei Jalaba? Doch der Doraier ahnte, was passiert war, und auf seinen Befehl schlossen sich uns einige Wölfe an. Einer von ihnen sollte uns überwachen und uns beim Tribunal anschwärzen. Das alles war natürlich geheim, doch jeder von uns wusste, wer dieser Wolf war.
Eines Tages taten sich einige der Wölfe zusammen und beschlossen, die Macht zu übernehmen. Dafür mussten

sie den Doraier gefangen nehmen. Die Wölfe hatten sich mit den Wachen des Doraiers abgesprochen. Ich weiß nicht, was für einen Plan sie genau ausgeheckt hatten, aber nachdem das Tribunal getagt hatte, fesselte man die meuternden Wölfe und folterte sie zu Tode. Sie ließen uns zusehen, damit wir ja nicht auf die Idee kämen, es ihnen nachzutun. Unter uns gab es einen namens Cicilo – hager, eigenbrötlerisch und servil. Auch Cicilo gehörte den Wölfen an, die den Umsturz geplant hatten. Er jedoch wurde weder verhört noch gefoltert. Stattdessen ging er weiterhin den alltäglichen Aufgaben nach und verhielt sich wie ein treues Mitglied unseres Rudels. Von nun an mussten wir befürchten, dass das Tribunal über alles informiert wurde und so schlussendlich erfahren würde, wie es zu Jalabas Tod gekommen war. Wir wussten, Cicilo war nicht zu trauen. Wir versammelten uns in einem Buchenwald, um einen neuen Leitwolf zu wählen. Ganz bewusst ernannten wir Cicilo zu unserem Anführer, denn er sollte keinen Verdacht hegen und sich bei Mondschein nicht davonschleichen können, um dem Doraier Bericht zu erstatten. Solange er unser Leitwolf war, würde er immer im Mittelpunkt stehen und sich nicht so einfach davonstehlen können. Wir hofften, auf diese Weise herausfinden zu können, wen der Doraier sonst noch in unser Rudel eingeschleust hatte. Bis zum nächsten Tribunal war es lange hin, und so beobachteten wir Cicilo, denn es war offensichtlich, dass es noch einen zweiten geben musste. Und so war es auch. Eines Nachts,

wir stellten uns schlafend, sahen wir, wie Cicilo einem anderen Wolf etwas ins Ohr flüsterte, der sich daraufhin leise davonschlich und im Buchenwald verschwand. Ich heulte leise auf. Das war das Zeichen für die anderen, den heimlichen Boten nicht lebend davonkommen zu lassen. Sie verstanden das Zeichen, folgten ihm und stießen ihn gemeinsam in eine tiefe, steinige Schlucht. Anschließend entledigten wir uns auch Cicilos. Für die Zeit danach wählten wir Korai zu unserem Anführer.
Bald mussten wir zur Versammlung ins Tal der Doraier. Der Tag des Tribunals war gekommen.
Wir wurden verraten.
Wir bekamen einen neuen Anführer, das Rudel wurde mit fremden Wölfen vermischt und man führte uns auf den Wüstenweg.
Dort lernte ich wahre Härte kennen. Meine Pfotenballen brannten vom Laufen auf dem heißen Sand. Die Augen füllten sich mit Sandkörnern, die vom Wind aufgewirbelt wurden, und in meinem Fell verfing sich so viel Sand, dass es nicht mehr rot war, sondern die Farbe der Wüste annahm. Wir hielten den Durst kaum aus, ein paar von uns verendeten. Ich weiß immer noch nicht, was mich damals durchhalten ließ. Es gab so viele Skorpione und Echsen, dass man sie kaum zählen konnte. Wir schliefen kaum. So quälten sie uns drei Monate lang, bis sie uns wieder ins Tal der Doraier zurückbrachten.
Sie verschärften unsere Gesetze und nahmen uns einen neuen Schwur ab, in dem wir geloben mussten, unsereins nie wieder zu verraten.

Abermals heulten wir den Fels an und wieder bekamen wir einen neuen Leitwolf – diesmal war es Jakho.«
Tevdore hatte das alles mit solch einer Leidenschaft erzählt, dass Luka Angst bekam, er könne sich wieder in einen Wolf verwandeln und seinen wölfischen Trieben nachgeben.
Luka hüstelte.
Tevdore wurde aus seiner Erzählung herausgerissen.
»Bist du müde, Luka? Ich rede und rede, ich hatte schon ewig keinen Gesprächspartner mehr. Ich bleibe nie lange im Dorf, ich halte die vielen Menschen nicht aus. Mir fallen all die Sünden wieder ein, die ich als Wolf begangen habe, und ich kann den Kindern nicht mehr in die Augen schauen. Abgesehen davon spüre ich, dass es mit mir zu Ende geht. Ich spüre es, wenn im Dorf bald jemand sterben muss, dann steigt mir der Geruch von Aas in die Nase. Manche fühlen, wenn ihr Ende naht. Ich umso mehr, da es ein Erbe meiner Wolfsnatur ist. Obwohl ich abseits der Dörfer lebe, rieche ich den Tod bis hierher zu mir. Ich leide, aber ich kann dir mein Leid nicht beschreiben, du würdest es nicht verstehen.«
Tevdore stand auf, schaute nach draußen und sagte: »Es schneit wieder. Wenn es bis morgen nicht aufhört, werde ich dich wegen der Lawinengefahr nicht gehen lassen können.«
»Vielleicht hört es ja doch noch auf«, sagte Luka, mehr hoffend als vermutend.
»Es ist schon tiefste Nacht, lass uns schlafen. Dann schauen wir, was der morgige Tag uns bringen wird«,

sagte Tevdore, nahm das Tablett und trug es ins andere Zimmer.
Nach einer Weile kam er zurück, richtete Luka das Bett her und sagte: »Dann gute Nacht. Ich werde mich im Zimmer nebenan ausruhen. Dort steht das Bett meines Vaters – der einzige Ort, an dem ich friedlich schlafen kann. Nur dort spüre ich Gottes Gnade. Woanders plagen mich Albträume, ich drehe und wälze mich.«
Tevdore legte Feuerholz nach, wünschte Luka abermals eine gute Nacht und ging in sein Zimmer.
»Lösch das Licht, wenn du es nicht mehr brauchst.«
Luka lag schon im Bett, also stand er auf und machte die Lampe aus. Es wurde merklich dunkler und stiller im Zimmer, Luka zog die Decke über den Kopf.
Plötzlich packte ihn die Angst: Lösch das Licht, wenn du es nicht mehr brauchst, ging es ihm durch den Kopf, doch diesmal mit einer völlig anderen Bedeutung. Wenn Tevdore sich nun in einen Wolf verwandelt und ihn in der Dunkelheit anfällt?
Jetzt, wo er darüber nachdachte, bildete er sich ein, der Ausdruck in Tevdores Augen hätte sich verändert.
Vielleicht lebt er hier deswegen ganz allein, um verirrte Reisende wie mich in sein Haus zu locken, dachte Luka. Bei Honigschnaps erschleicht er sich ihr Vertrauen, bietet ihnen einen Platz zum Schlafen an, bittet sie, das Licht zu löschen, und wenn sie schlafen ...
Nein, nein, wozu hätte er mich dann retten sollen? Oder wollte er mich für sich allein? Aber hat er nicht gesagt, dass er seine Gestalt nicht mehr wandeln

könnte? Was jetzt? Was wird mir diese Nacht noch zustoßen?
Zum Glück wurde das Zimmer noch vom Feuerschein erhellt. Ich muss es irgendwie schaffen, wach zu bleiben. Wenn das Feuer auszugehen droht, lege ich Feuerholz nach. Die Lampe wieder anzumachen wäre verdächtig. Vielleicht hat er ja wirklich nichts Wölfisches mehr in sich. Es würde ihn sicherlich kränken, sollte er mein Misstrauen und meine Angst spüren. Schließlich habe ich es Tevdore zu verdanken, dass ich überhaupt noch am Leben bin.
Aber wie ging die Geschichte weiter? Wie war Tevdore dem Wolfsrudel entkommen? Wie war er wieder zum Menschen geworden, falls er überhaupt ein Mensch war und sich in seinem Inneren nicht doch ein Wolf verbarg? Vielleicht wollten die Dämonen im Doraiertal sichergehen, dass er ihnen treu war, und hatten ihn sieben Jahre lang das Wolfsdasein fristen und ihn danach in Menschengestalt in sein Dorf zurückkehren lassen? Wenn es so gewesen sein sollte, wird er bei mir keine Gnade zeigen, dachte Luka. Er hatte ja auch kein Mitleid mit seinem Rind, das er eigenhändig aufgezogen hatte. Bei dem Gedanken an das Rind kamen seine Kindheitserinnerungen wieder hoch.
Luka hatte einen Stier von stattlicher Größe besessen, trotzdem nannte ihn Luka stets »Kälbchen«, denn er hatte ihn von klein auf aufgezogen. Kälbchen hatte große treue Augen. Mit seiner rauen Zunge leckte es Lukas Stirn und seinen Schopf, so dass seine Haare immer so

ordentlich nach hinten gekämmt waren, dass die Dorfbewohner lachten und ihn neckten: Wozu braucht es einen Kamm, wenn man ein Kälbchen hat? Kälbchen folgte ihm bis zur Schule, wo es dann auf den umliegenden Feldern graste. Es wartete vor dem Schulhof, bis der Unterricht beendet war, damit sie zusammen nach Hause laufen konnten. Aus Angst vor Kälbchen traute sich keiner der anderen Schüler, Luka zu hänseln. Wenn Kälbchen von der anderen Mauerseite aus sah, dass jemand Luka etwas antat, stampfte er bedrohlich mit den Vorderhufen und zeigte seine Hörner.

An den Wochenenden brachte Luka Kälbchen auf die Weide. Den ganzen Sommer über schnitt er für ihn das saftigste Gras und fütterte ihn im Winter mit der Hand. Das schwarze Fell des gutgenährten und gutgepflegten Stieres glänzte im Sonnenschein. Als Kälbchen drei Jahre alt wurde, spannten sie ihn vor den Pflug. Das gefiel ihm nicht und so stampfte er heftig auf.

»Keine Angst, Kälbchen, das ist nicht das Joch der Sklaverei, sondern deine Taufe. Du bist eben ein Stier, wer weiß, wann wir deine Kraft brauchen werden«, versuchte Luka ihn zu besänftigen.

Kälbchen leckte ihm den Kopf. Seine Zunge war nun noch rauer geworden und sie rieb an Lukas Stirn.

»Langsam, Kälbchen, langsam ...«, tätschelte ihn Luka. »Du siehst ja, wie groß du schon geworden bist. Kein einziger Bulle im Dorf könnte es mit dir aufnehmen.«

Das war wirklich so. Wenn die Rinder einer brünstigen Kuh hinterherliefen, war Kälbchen stets vorn in der

Reihe, was die anderen noch wilder machte. Solange er klein war, lief er den brünstigen Stieren noch hinterher, doch allmählich wurde er größer. Als er das Gras des zweiten Sommers geweidet hatte, war er schon mitten unter den ausgewachsenen Stieren und so stiegen auch seine Chancen auf die Kuh. Als er aber das Gras im dritten Sommer geweidet hatte, lief er schon in vorderster Reihe. Das Liebesspiel gefiel ihm, wie die Kuh ihn reizte, vor ihm weglief und doch lockte. Ihm folgten bis zu zehn weitere Stiere, wild und ungezähmt. Aber keiner wagte es, ihn zu überholen.

Im Sommer versank der Weg zur Schule bei regnerischem Wetter im Schlamm. Eines Tages kam Luka zu spät, verabschiedete sich im Hof von Kälbchen, der ihm immer noch bis zur Schule folgte, und eilte in das Gebäude. Luka schaffte es gerade noch zum Unterrichtsbeginn, ihm blieb jedoch keine Zeit mehr, die schlammverschmierten Stiefel zu putzen. Die Direktorin sah ihn von ihrem Fenster aus, kam sogleich in seine Klasse und schalt ihn:

»Was kommst du mit solch schmutzigen Schuhen zur Schule?«

»Ich habe nicht mehr geschafft, sie zu säubern, Frau Rektorin.«

»Zu verschlafen hast du aber schon geschafft?«

Sie trat an Luka heran, packte ihn am Ohr und lief mit ihm auf den Schulhof, wo sie ihm die Ohren langzog, damit jeder es sehen konnte und niemand auf die Idee kam, es ihm nachzumachen.

Luka schämte sich und fing an zu weinen. Plötzlich brüllte Kälbchen auf und sprang mit einem Satz über die niedrige Steinmauer des Schulhofes. Er lief schnurstracks auf die Rektorin zu, der es gerade noch gelang, sich ins Schulgebäude zu retten.

An jenem Tag fielen mehrere Unterrichtsstunden aus, denn Kälbchen stand weiterhin im Schulhof und ließ niemanden mehr rein oder raus. Der Rektorin blieb nichts anderes übrig, als Luka vom Fenster aus zuzurufen:

»Nimm deinen Stier mit und komm morgen mit sauberen Schuhen wieder!«

Nach diesem Tag stellte die Rektorin ihn nie wieder in die Ecke.

»Wie geht es deinem Stier, Bürschchen?«, fragte die Rektorin ihn von da an.

»Ganz gut, Frau Rektorin«, antwortete Luka.

»Hat er auch genug Heu?«

»Gewiss, Frau Rektorin.«

»Ist er mir immer noch böse?«

»Nicht, wenn ich ein Zeugnis mit Auszeichnung bekomme, Frau Rektorin.«

»Dann richte ihm aus, dass ich das gerne tun werde. Und auch er bekommt ein Zeugnis mit Auszeichnung für die achte Klasse. Ich bringe es ihm sogar höchstpersönlich in den Stall«, schmunzelte sie.

Und wenn Luka wieder einmal etwas verbrochen hatte, scherzten alle, er solle statt seiner Eltern seinen Stier holen.

Im Dorf gab es ein Mädchen namens Tina. Einer nach dem anderen hielt um ihre Hand an. Sie war jedoch sehr wählerisch. Auch ein Junge aus dem Nachbardorf war unsterblich in sie verliebt. Tina war ihm nicht abgeneigt, bis eines Tages ein eleganter Mann mit einem Anzug im Dorf auftauchte.
Anfangs war Tina auch ihm gegenüber reserviert, doch die Kleidung des Fremden und seine städtischen Manieren konnten sie nicht lange kalt lassen. Die Eltern hörten sich um, sie wollten herausfinden, mit wem sie es zu tun hatten. Man sagte ihnen, dass er vor Tina schon drei andere Frauen gehabt hatte.
»Das ist ein Gerücht, da spricht nur der Neid aus ihnen«, sagte Tinas Mutter.
»Das sagst du. Ich schicke meine Tochter nicht ins Verderben«, entgegnete ihr Ehemann.
»Dann gib sie halt einem dieser Dorftrottel. Damit sie hier alt wird und sich ihren Rücken krumm arbeitet.«
»Was hat das mit dem Dorf zu tun? In der Stadt liegt das Geld ja auch nicht auf der Straße.«
»Ja, aber sieh ihn dir doch an. Der ist alles andere als mittellos. Und …«, sie deutete auf den Hals des Mannes.
»Was, Weib?«
»Na, du weißt schon.«
»Was denn, Weib? Nun sag schon.«
»Na, dieses rote Tuch, das er um den Hals trägt.«
Tinas Vater dachte nach. Er hatte zwar bisher nur wenige Männer mit Krawatten gesehen, doch die hatten alle

irgendeinen hohen Posten inne. Die Eltern beschlossen, Tina nach ihrer Meinung zu fragen.
»Ich werde tun, was ihr wünscht«, sagte sie gehorsam. Es war offensichtlich, dass auch sie von dem Fremden angetan war. Der Junge aus dem Dorf wartete indessen geduldig auf sie, ein gutmütiger, anständiger Junge. Eines Tages kam der Mann wieder und spazierte wie immer mit stolzem, erhobenem Haupt durchs Dorf.
Es war Frühling – die Zeit, in der die Pfade mit Schlamm bedeckt waren. Der Mann hatte seine Hose hochgekrempelt, damit sie nicht schmutzig wurde. Das ganze Dorf erwartete ihn bereits. Damals waren Männer mit Krawatten sehr selten und etwas Geheimnisvolles umgab diesen Fremden, der zu seinem weißen Hemd eine rote Krawatte trug.
Luka saß auf der Terrasse und machte seine Hausaufgaben. Gleich vor ihm hatte sich Kälbchen hingelegt und kaute sein Gras. Um zu Tinas Haus zu gelangen, musste der Fremde an Lukas Hof vorbeilaufen. Als er näher kam, brüllte Kälbchen kurz und erhob sich.
»Hoooo!«, versuchte Luka es zurückzuhalten, doch wer kann das schon, bei solch einem Stier?
Kälbchen rannte auf Tinas Verehrer zu, der auf der Stelle kehrtmachte und davonlief. Vergessen war der Schlamm, kreuz und quer rannte er zwischen den Pfaden. Als er begriff, dass der Stier nicht nachgeben würde, versuchte er, aus dem Dorf zu fliehen – zurück dorthin, wo er hergekommen war.
Kälbchen setzte ihm noch eine Weile nach.

»Mein Gott, das Tier wird ihn zu Tode trampeln! Wir werden das noch verantworten müssen«, rief Tinas Vater voller Sorge.

Vom Dorf aus war der Fremde kaum noch zu sehen, so eilig hatte er es. Als der Stier weiterhin nicht von ihm abließ, hatte jemand eine Idee: »Wirf deine Krawatte weg, die Krawatte!«

Doch der Mann hörte den Ruf nicht, wie denn auch, er rannte um sein Leben. Schon bald waren Mann und Stier außer Sichtweite. Kurze Zeit später kehrte Kälbchen zurück und rupfte gemächlich Gras. Der fremde Verehrer ließ sich nie wieder im Dorf blicken. Tina heiratete den Jungen aus dem Nachbardorf und gebar ihm fünf Söhne.

»Dein Kalb ist ein wahrer Segen, mein Retter«, pflegte er zu sagen, wann immer er bei Luka vorbeischaute. »Ich stehe in deiner Schuld.«

Von da an half er Luka bei der Heuernte.

Im Zimmer wurde es jetzt dunkel. Luka lauschte der Dunkelheit. Sie war beängstigend und bedrohlich. Die Finsternis umschlang Luka, der sich auf dem Bett aufgerichtet hatte, bedeckte seine Augen mit ihren fingerlosen Händen und schien ihm hämisch zuzuflüstern: »Weißt du, was als Nächstes passieren wird?«

Luka sprang auf, lief zum Kamin und legte Feuerholz nach. Er konnte das wilde Schlagen seines Herzens hören, ihm schien, als würde es seine Brust sprengen.

Das trockene Holz knisterte in der glimmenden Glut, fing Feuer und erhellte allmählich das Zimmer. Luka suchte nach Wasser – in der Ecke stand ein Kupferkrug – er führte ihn zum Mund und leerte ihn gierig. Kalte Wassertropfen rannen seine Brust hinab. Er legte sich wieder hin, das Wasser schien auch seine Angst gestillt zu haben. Dennoch kamen seine Gedanken nicht zur Ruhe, er dachte über die Welt nach, diese in geheimnisvollen Nebel eingehüllte Welt, die ihm so fremd war. Morgen wollte er sich von Tevdore auf alle Fälle den Rest der Geschichte erzählen lassen – doch würde er diesen Morgen überhaupt erleben?

In diesem Moment fiel ihm ein, dass er ganz vergessen hatte, sich des Schutzes vom Geist dieses Ortes zu versichern.

»Nimm dich meiner an. Wach über mich, Schutzgeist dieses Ortes!«, flüsterte Luka und bekreuzigte sich.

Er ließ seine Gedanken schweifen, bis ihn wieder die Angst packte. Wenn Tevdore immer noch ihre Geisel ist und ihren Befehlen Folge leistet, dann wird auch der Geist dieses Ortes einer von ihnen sein. Tevdore meinte ja, er habe nicht gewusst, dass auch Dämonen Hüter eines Ortes sein können. Nur deshalb hatte er sich dem Schutzgeist in jener Nacht so leichtfertig hingegeben. Wollte er mir damit signalisieren, dass er mir etwas antun wird, jedoch nicht willentlich, denn man hat es ihm ja befohlen, und dass ich mich in Acht nehmen soll, mich dem Geist dieses Ortes anzuvertrauen?

Plötzlich ertönte aus dem Kamin ein lautes Krachen, als hätte man eine Pistole abgefeuert. Die verglimmende

Glut hatte das Buchenholz angesengt, und als die Flammen ausbrachen, erzeugten sie ein lautes Geräusch.
Der Feuerschein erleuchtete den ganzen Raum. Das Feuer knisterte rhythmisch vor sich hin, und man hätte glauben können, man säße in einem Zug, der über die alten Schienen des Bergpasses rattert. Das Feuer warf wilde Schatten an die Wände und verstärkte damit Lukas Eindruck, der Raum bewege sich. Er richtete sich auf und berührte die Wand, um sicherzugehen, dass er sich das nur einbildete.
Während der ganzen Zeit war kein einziger Laut aus dem Nebenzimmer zu hören. War Tevdore fortgegangen? Wieso ließ ihn diese Angst nicht mehr los? Woher kam dieses Misstrauen, das ihm den Schlaf raubte? Man konnte ja auch anders darüber denken: Tevdore hatte sich aus den Fängen der Wölfe befreit, war in sein Dorf zurückgekehrt und nun schlief er im Bett seines Vaters, weil er allein dort Gottes Gnade erfuhr. Der Wahnsinn und das Böse konnten ihm dort nichts anhaben. Woanders quälten ihn seine Sünden, bis in die tiefsten Träume hinein verfolgten ihn seine Taten. Sie marterten ihn und ließen ihn nicht zur Ruhe kommen. Im Bett seines Vaters aber empfing er die Gnade des allmächtigen Herrn. Es war sein Vater, der standhaft an seinem Glauben festhielt, als alle anderen sich schon sicher waren, Gott hätte ihn vergessen, damals, als die Doraier über das Tal herrschten und versuchten, seiner herrenlosen Seele habhaft zu werden. Sein ganzes Leben lang hatte er auf den Moment gewartet, an dem er

seinem Schöpfer entgegentreten würde. Nicht ein einziges Mal hat er einem anderen Wesen Leid angetan und das bis ins hohe Alter. Gesegnet ist das Grab eines solchen Mannes, der kein Grab hat, und gesegnet ist auch sein Schlafplatz. Wahrscheinlich schläft Tevdore nun deswegen dort, der Schlaf an solch einem Ort ist tief und fest. Doch warum hatte er seinen Sohn nicht schützen können? Wieso hatte er zugelassen, dass die Doraier sich seines Sohnes bemächtigten? Sie hatten ihm ja bereits zu Lebzeiten gedroht, dass seine Nachkommen dafür büßen müssten, sollte er ihnen seine Seele nicht überlassen. Sie hatten ihn mit dem Heil seines Sohnes erpressen wollen. Hatte sein Vater etwa nur an sich gedacht?

Luka konnte keine Antwort auf die Frage finden, ob Tevdore sich vollends aus den Fängen der Wölfe hatte befreien können. Vielleicht hatte er es ja durch die Gnade seines Vaters geschafft, und nun lag er in seinem Bett und schlief in Frieden. Wahrscheinlich machte sich Luka völlig grundlos so viele Sorgen.

Das Knistern des Feuers zerstreute seine Gedanken, und nun erschien es ihm erst recht so, als würde sich alles um ihn herum bewegen. Er schaute sich um, und sein Blick blieb an einigen verrußten Bildern hängen. Sie waren ihm vorher nicht aufgefallen. Der Feuerschein ließ eines der Fotos ganz besonders hervortreten: eine Gruppe von Männern auf Pferden. Die Pferde recken stolz ihre Hälse, die Männer sehen aus wie Reisende. Gleich daneben steht ein alter Mann, sein Haar und sein Bart sind schneeweiß, in der Hand hält er ein kleines Trinkhorn, mit dem er die Reiter segnet. Zu seinen Füßen sitzt ein kleines Mädchen, das den Männern Blumen reicht, doch sie beachten es kaum. Vielleicht haben sie sich in Gedanken bereits auf ihre Reise gemacht. Eines der Pferde neigt seinen Kopf und schnuppert an den Blumen ...

Eben diesen Moment hat das Bild für die Ewigkeit eingefangen.

Kurz darauf hatte der alte Mann wahrscheinlich einen Schluck aus dem Trinkhorn genommen und die Reiter waren in Eile aufgebrochen, kaum dass der Mann seinen Segen zu Ende gesprochen hatte. Sobald er das Horn zu den Lippen geführt hatte, waren sie losgeritten und immer kleiner geworden, bis sie hinter dem Horizont verschwanden. Das Mädchen war mit den Blumen in der Hand zurückgeblieben und vielleicht hatte sie sogar eine Träne vergossen. Der Abschied von ihrem Vater war ihr bestimmt schwergefallen. Er hatte es nicht übers Herz gebracht, die Blumen seiner Tochter mitzunehmen, nur das Pferd hatte ihren lieblichen Duft eingeatmet.

Wer sie wohl sind?, fragte sich Luka. Wohin sie wohl gehen? Besser gesagt: gegangen sind, denn jetzt waren sie schon fort. Doch wo? Vielleicht hatten sie diese Welt bereits verlassen. Vielleicht war der alte Mann, der den Segen sprach, ja Tevdores Vater, der die Männer in den Krieg verabschiedete. Und das Mädchen? Wer war sie? ...

Was wohl geschehen war?

Es war faszinierend ... eine Sekunde ... eine Minute ... das Foto hatte das alles festgehalten. Wir lassen alles hinter uns – hinter dieser Sekunde, hinter dieser Minute, doch dort bleibt alles so, wie es war, dachte Luka. Wir lassen die Kindheit hinter uns und eilen weiter, weg von jener Sekunde, weg von jener Minute. Und dann? ...

Sein Blick schweifte wieder zum Bild. Er bildete sich ein, dass es im Feuerschein zuckte, als würde es zusammen mit dem Haus irgendwohin eilen ... Er richtete sich auf, um sicherzugehen, dass das Haus stillstand und nicht dahinschwände.

Der Hund bellte.

Luka blieb im Bett. Der Hund war bisher ruhig gewesen, Luka hatte seine Existenz fast schon vergessen. Möglicherweise bellte der Hund ja nur, um Luka vom Aufstehen abzuhalten. Vielleicht lockte Tevdore seine Opfer in dieses Haus, und während er heimlich die Doraier holte, passte sein Hund auf, dass er nicht entkam. Vielleicht war es aber auch Sünde, so von Tevdore zu denken.

Lukas Blick fiel nun auf ein anderes Bild. Darauf war eine junge Frau mit Zöpfen zu sehen, die einen kleinen Jungen im Arm hält ...

Wer so etwas an der Wand hängen hat, kann doch nicht böse sein, dachte Luka. War die Frau Tevdores Mutter und der Junge in ihrem Arm gar Tevdore selbst? Was für ein Mensch mochte Tevdore nun sein? Luka versuchte, sich sein Äußeres erneut vor Augen zu führen: Er war ein wenig größer als der Durchschnitt, schlank, hatte ein hageres Gesicht und zwei wehmütige Augen, denen

nichts Wölfisches mehr anhaftete. Ein gewisses Leid lag in diesen Augen, aber auch die Augen eines Wolfes kannten diesen Schleier des Leides. Doch wie sehr Tevdore dieses Leid auch mit seinen ehemaligen Gefährten teilen mochte, so funkelte in seinen Augen nun ein Schimmer von Güte. Die gleichen gütigen Augen wie die des alten Mannes auf dem Foto. Tevdore hatte schwielige Hände, rau vom Wind, der Kälte und den schroffen Felsen der Berge. Sein Gesicht ähnelte auch jenem der Frau auf dem Bild. Der kleine Junge musste Tevdore sein. Jetzt sieht er dennoch ganz anders aus, dachte Luka, immerhin hatte er das Joch der Wölfe getragen und trotzdem, seine Augen glichen denen des Vaters. Wahrscheinlich hatte ihn sein Stier an jenen Augen erkannt und war deswegen auf ihn zugekommen. Diese Augen, in denen die Güte schimmerte, weckten in Luka den Wunsch, sich ihm anzuvertrauen ... was aber war mit dem Wolf?
Hätte sich diese Frau je vorstellen können, dass das Kind, das sie an ihrer Brust trägt, eines Tages in der Gestalt eines Wolfes das Land zwischen Bergen und Tälern durchstreifen würde? Dass er Reisenden auflauern und den richtigen Moment abwarten würde, um sich auf sie zu stürzen?
Nein, keine Mutter der Welt könnte sich Derartiges vorstellen.
Er musste einfach wissen, was passiert war. Sollte der Tag anbrechen, würde er Tevdore bitten, ihm alles zu erzählen ...

Er durfte nicht einschlafen ...
Er durfte nicht einschlafen ...
Er durfte nicht einschlafen ...
Er durfte nicht ...
Er durfte ...
Er ...
Er schlief ein.
Er zuckte zusammen.
Es schien ihm, als habe er etwas aus Tevdores Zimmer gehört.
Er lauschte.
Abermals Stille.
Die schwächer werdenden Flammen erhellten kaum mehr die Fotos an den Wänden.
Da entdeckte er ein uraltes Schwert, das an einem Pfosten hing.
Er lauschte wieder.
Kein Laut war zu vernehmen.
Wenn ihn etwas retten könnte, dann dieses Schwert.
Vorsichtig stand er auf, nahm das Schwert vom Pfosten und legte sich damit wieder ins Bett. Er zog am Griff, doch er bekam die Klinge nicht aus der Scheide. Er versuchte es mit aller Kraft, doch vergeblich.
Der Feuerschein fiel auf das Foto mit der Frau und ihrem Kind.
Luka packte die Scham. Sollte dieses Schwert ihren Sohn ...?
Er blicke in ihre Augen. Er stand abermals vorsichtig auf, lief zum Pfosten und hängte das Schwert zurück an sei-

nen Platz. Doch dann überlegte er einen Moment, nahm es wieder ab, hielt es kurz über das Feuer und versuchte erneut, es aus dem Schaft zu ziehen. Hoffnungslos. Der Hund bellte auf. Luka erschrak, tat das Schwert wieder zurück, legte sich leise in sein Bett und gab sich seinen zermarternden Gedanken hin: Würde mit dieser Nacht alles enden? Oder war es erst der Anfang? Ein eiskalter Schauder lief ihm über den Rücken. Was, wenn sie ihn auch zu einem Wolf machten? Panik erfasste ihn, fast hätte er geschrien. War das sein Schicksal? Sollte er nach dieser Nacht etwa auch als Wolf durch das Land streifen, den Reisenden auflauern, nie den Pfad der Wölfe verlassen, nie das Gesetz der Wölfe brechen ... Sollte er?

...

Ich muss hier weg, beschloss er. Ich muss fliehen! Nur wie?

Vor nur ein paar Stunden wurde er noch von Wölfen verfolgt, sie hatten ihn schon eingekesselt. Wahrscheinlich zogen sie noch immer umher und suchten nach Beute. Vielleicht hatten sie das Haus bereits umzingelt und warteten nur auf den richtigen Moment.

Der Gedanke an das Wolfsrudel ließ ihn erneut erschaudern. Es schien ihm, als wäre er sein ganzes Leben von Wölfen umringt worden, die langsam, aber stetig den Kreis enger schlossen. Wo sollte er hin? Wo konnte er den Kreis durchbrechen? Konnte man das denn überhaupt? Der Hase fiel ihm wieder ein, der sich hinter seinen Pfoten versteckt hatte. Wäre er den Wölfen entkommen, hätte ihn der Fuchs gerissen.

Was wohl sein letzter Gedanke gewesen sein mochte?
Ich führe mich ja selbst auf wie ein verängstigter Hase, dachte Luka und legte sich auf den Rücken.
An der verrußten Decke tanzten Licht und Schatten miteinander.
Was war wohl besser – ein Leben als Hase oder ein Leben als Wolf? Die Hasen zittern ein Leben lang wie dieses flackernde Licht des Feuers an der Decke.
Und die Wölfe?
Die Wölfe hatten dem Hasen keinerlei Beachtung geschenkt, weder als er zu fliehen versuchte noch als er, voller Angst vor dem Fuchs, wieder in den Kreis gesprungen war.
Der Weg des Wolfes war ein anderer.
Sollte Luka etwa diesen Weg gehen?
Vielleicht verhielt sich Tevdore deswegen so leise, weil er sich vorbereitete – darauf, den neuen Befehl der Wölfe auszuführen, das Rudel um ein weiteres Mitglied zu erweitern. Konnte das sein?
Viel zu oft stellte er sich diese Frage, ohne eine Antwort zu finden.
Die Antwort hatte Tevdore mit sich genommen. Luka aber hatte er dieses dunkle Zimmer, eine schlaflose Nacht, einen vollen Krug, das Feuer im Kamin, in dem die letzte Glut brannte, die rußige Decke, an der Licht und Schatten wie scheue Hasen zitterten, vergilbte Bilder an den Wänden sowie ein am Pfosten hängendes verrostetes Schwert und tausend andere Kleinigkeiten, die den Raum noch füllten, hinterlassen. Er ließ ihn zu-

rück mit der Angst, einer allumfassenden und düsteren Angst. Und über allem schien der Hund zu wachen.
Luka könnte fliehen, noch hatte er Zeit, doch was täte er mit den Wölfen? Hier, in der Sicherheit des Zimmers, hatte er einen Funken Hoffnung, angefacht von den Bildern, von Tevdores Augen ... doch Tevdores Stier hatte diese Hoffnung auch gehabt.
Vielleicht sollte er die Flucht wagen, vielleicht hätte er ja mehr Glück als der Hase.
Diese Nacht, sie war eine Ewigkeit.
Er durfte nicht einschlafen ...
Er durfte nicht einschlafen ...
Er durfte nicht ...
Irgendwie ...
Irgendwie ...
Irgendwie musste er versuchen, wach zu bleiben.
Er nickte ein und zuckte sofort wieder zusammen. Abermals schien es ihm, als kämen aus dem anderen Zimmer Geräusche. Er lauschte. Wieder die Stille und das Spiel des Feuerscheins an der Decke.
Auf dem Rücken liegend starrte er eine Weile ins Leere und versuchte, sich an etwas zu erinnern. Er verspürte ein ihm unerklärliches, aber brennendes Verlangen, sich irgendeinen Tag aus seiner Kindheit in Erinnerung zu rufen.
Vor seinen Augen tauchte ein mit Vogelzwitschern erfüllter Frühlingstag auf. Luka saß in der Schule und hörte dem Biologielehrer zu, der an der Tafel mehrere kleine Schaubilder aufgehängt hatte und versuchte, den

Schülern die Anatomie der Tiere zu erläutern. Der Lehrer – ein Mann in den Sechzigern und von kleiner Statur, jedoch mit erstaunlich schnellem Gang – war stets darum bemüht, Würde zu wahren und Ruhe auszustrahlen. Einzig seine mehrfarbigen Augen zeugten von seinem unsteten Wesen.

Draußen breitete sich der betörende Duft des Frühlings aus. Im Schulhof hatten die ersten Blumen ihre Hälse gereckt. Die an der Mauer stehenden Kirschpflaumenbäume trugen schon Knospen und waren kurz davor, ihre Blütenblätter zu öffnen. Das ganze Tal wurde zum Leben erweckt, die Natur feierte ihre Wiedergeburt. Nicht mehr lange, und die Zugvögel würden zurückkehren. Wenn der Lehrer die Schüler unterrichtete, war er besonders fordernd – in solchen Momenten sollte man sich nicht mit den Ellbogen abstützen, der Rücken sollte gestreckt sein und seine Augen sollte man auch nicht vom Lehrer abwenden.

»Die Schwalben kommen, die Schwalben!«, schrie jemand vom Schulhof her.

Die Kinder versuchten, ihren Blick unbemerkt abzuwenden, doch der Biologielehrer räusperte sich laut und der Unterricht ging weiter. Langsam erhob sich draußen ein Stimmengewirr. Die Kinder würden gerne rausschauen, doch sie trauten sich nicht. Das Wirrwarr von Stimmen wurde immer lauter, und gerade als die Neugier der Schüler die Oberhand zu gewinnen schien, trat der Lehrer selbst ans Fenster und schaute hinaus. Die Schüler taten es ihm sofort nach. Ein kleines Rehkitz sprang in dem Moment über die Schulmauer in den Hof, eine Menschenmenge jagte ihm hinterher. Der Lehrer griff blitzschnell zum Zeigestock und rannte auf den Hof. Bei seinem Anblick erschrak das Kitz und lief die Mauer entlang, der Lehrer setzte ihm nach.

»Da lang, da lang! Lasst es nicht entkommen!«, schrie er.

Die anderen Lehrer fanden sich ebenfalls auf dem Schulhof ein. Die dicke, runde Gesangslehrerin hetzte dem Kitz hinterher, gefolgt vom Mathelehrer, während sich die restlichen Lehrer eher zurückhielten. Einige der Schüler schlossen sich den Bemühungen der Lehrer an. Das Kitz irre kreuz und quer über den Hof und suchte einen Ausgang. Auf dem großen Schulhof schaffte es das Kitz dann endlich, seine Verfolger abzuhängen.

Luka erinnerte sich an das letzte Osterfest, als er mit seinen Freunden über den Hof lief und sie »Christus ist auferstanden!« riefen. Wie das Rehkitz war auch Luka damals so schnell er konnte über den Schulhof gewetzt. Einen Tag vor Ostern hatte der Schuldirektor die Schüler ermahnt, am nächsten Tag in die Schule zu kommen. Zu Ostern war es üblich, dass die Talbewohner ihren Verstorbenen gedachten. Zu ihren Ehren wurde süßes Gebäck gebacken und zur Kirche gebracht, wo eine Zielscheibe aufgestellt war. Die Dorfbewohner mussten mit Pfeil und Bogen ins Schwarze treffen. Wem es gelang, der durfte das Gebäck mitnehmen und bekam noch rot gefärbte Ostereier und einige weitere Geschenke dazu. Eine Woche lang hatte Luka im Wald

nach einem geeigneten Stück Holz gesucht, um daraus einen Bogen zu bauen. Auf einer Lichtung war er auf eine gerade Kornelkirsche mit festem, hartem Holz gestoßen. Er hatte einen geeigneten Ast ausgewählt und ihn mit nach Hause genommen, wo er sich seinen Bogen geschnitzt hatte. Einen Monat lang hatte er das Schießen auf eine Zielscheibe trainiert.
Dann kam auch schon das Osterfest.
Die Schüler gingen zur Schule.
Nur Luka konnte der Versuchung nicht widerstehen und so verbrachte er den Tag statt in der Schule im Kirchhof, um schießen zu üben.
Als er am nächsten Tag in die Schule kam, befahl der Direktor den Schülern, sich auf dem Hof in Reih und Glied aufzustellen.
»Kinder, habe ich euch nicht ausdrücklich gesagt, dass ihr am Unterricht teilnehmen sollt?«, ermahnte er sie und schaute dabei Luka an.
»Doch, Herr Direktor«, antworteten die Schüler einstimmig.
»Diese ganzen Osterfeierlichkeiten sind purer Unsinn! Eine Auferstehung hat es nie gegeben.«
»Nein, Herr Direktor.«
»Bitte?«
»Ja, Herr Direktor.«
»Dann stimmt ihr mir zu, dass dieser Schüler hier eine Strafe verdient hat?« Er zeigte auf Luka.
»Ja, Herr Direktor.«
Der Direktor ließ die Schüler rote Eier holen, die sie mit

Garn an Lukas Pullover banden. Dann klebten sie ein Pappschild auf seinen Rücken, auf das sie »Der Herr ist auferstanden« schrieben.

»Dann lass ihn mal seine Runden drehen. Hundert Mal«, befahl der Direktor.

Sogleich jagten sie Luka kreischend vor sich her.

»Eins, zwei, drei ...«, zählte der Direktor, der in der Mitte des Hofes stand.

Bei der fünfundfünfzigsten Runde verließen Luka allmählich die Kräfte, seine Beine gaben nach und er fiel zu Boden. Der Direktor zog ihn wieder auf die Beine und fragte:

»Und, ist er auferstanden?«

»Wahrhaftig«, keuchte Luka.

»Dann renn mal weiter, dir fehlen noch fünfundvierzig Runden!«

Luka nahm seine letzte Kraft zusammen und schleppte sich weiter. Alle paar Schritte fiel eines der Eier zu Boden und zerbrach.

Während ihn das Gelächter der anderen Kinder verfolgte, hatte er sich Runde für Runde vorwärts gequält.

Und so wie er damals, wurde nun auch das Rehkitz über den Hof gehetzt. Einige der Lehrer verfolgten es, während die dicke Gesangslehrerin in der Mitte stand und wie ein Dirigent Anweisungen gab:

»Du musst es an den Beinen packen, an den Beinen!«

Plötzlich entdeckte das Kitz einen niedrigeren Mauerabschnitt, steuerte darauf zu und sprang mit einem Satz hinüber. Die Menschen, die dem Treiben zugeschaut

hatten, versuchten vergeblich, es noch zu erwischen. Das Kitz lief schnurstracks zum Wald und verschwand im Dickicht. Während der Musiklehrer zurück zum Lehrerzimmer trottete, seufzte er:
»Ach, schade um das gute Fleisch!«
Das Feuer im Kamin erlosch allmählich und wieder machte sich die Dunkelheit im Zimmer breit. Jetzt waren nicht einmal mehr die Fotos an der Wand zu sehen, auch nicht das alte, verrostete Schwert, das Gott weiß wann das letzte Mal aus der Scheide gezogen worden war. Hatte Tevdore es etwa nie benutzt, seitdem er den Doraiern entkommen war und sich hier niedergelassen hatte? Sagte er nicht, er hätte schon so einige Reisende vor den Wölfen gerettet? Er hatte auch keine Pistole dabeigehabt, als er in den Kreis gesprungen war, um die Wölfe zu verjagen. Nein, Luka hatte keine Waffe bei ihm gesehen. Mit bloßen Händen war er in den Wolfskreis gesprungen. Irgendetwas musste hier faul sein, nur kam Luka noch nicht darauf, was es war. Entweder hatte sich Tevdore wirklich von dem Fluch befreit und wusste somit, wie er die Wölfe verjagen konnte, oder der Segen seines Vaters hatte sich auf Tevdore übertragen, seitdem er in dessen Bett schlief. Oder aber, er hatte sich gar nicht befreien können und in seiner Seele schlummerte immer noch ein Wolf, den die Doraier auf Reisende wie ihn ansetzten. In den letzten Herbstwochen waren die Nächte zwar lang, doch ihm kam es so vor, als müsste es bald anfangen zu dämmern. Vielleicht hatte sich Tevdore heimlich zu dem Doraier geschlichen? Dort würde

er von ihm berichten und sie würden sich überlegen, wie sie ihn zum Wolf machen könnten. Oder er lag einfach im Nebenzimmer und schlief im Bett seines Vaters, wie er es gesagt hatte?
Wenn er aufwacht und sieht, dass ich nicht mehr da bin, wird er sich denken, dass ich es sehr eilig hatte und ihn nicht wecken wollte und deswegen gegangen bin, ohne von ihm Abschied zu nehmen, ging es Luka durch den Kopf.
Aber falls Tevdore doch beim Doraier war, dann müsste er sich erst recht beeilen und schnell von hier verschwinden.
Luka stand vorsichtig vom Bett auf und tastete sich zum Fenster vor. Von dort konnte er klar die schneebedeckten Berggipfel sehen. Tatsächlich dämmerte es schon. Es hatte aufgehört zu schneien. In der Ferne glaubte er einen Hahnenruf zu hören. Geräuschlos zog er sich im Dunkeln an, er fürchtete, Tevdore würde ihn aus irgendeinem Winkel beobachten.
Er tastete nach dem Wasserkrug und führte ihn zum Mund. Das kalte Wasser tat ihm gut, er meinte, damit nicht nur seinen Durst, sondern auch seine Angst stillen zu können.
Um den Hund im Flur nicht auf sich aufmerksam zu machen, öffnete er das Fenster und kletterte hinaus. Er war gerade dabei, über den Fensterrahmen zu steigen, da erstarrte er in der Bewegung. Ihn beschlich das ungute Gefühl, Tevdore stünde in der Tür und beobachte ihn wortlos.

Luka schaute über seine Schulter.
Er hatte es sich eingebildet.
Da war niemand.
Er sprang in den Schnee und schloss das Fenster so gut es ging von außen.
Lange Zeit lief er den Hang herunter, ohne sich umzudrehen. Er vermutete, den Pfad zu seinem Dorf weiter unten zu finden. Auf dem Weg zu Tevdores Hütte waren sie lange bergauf gelaufen. In der Nacht hatte es so stark geschneit, dass ihm der Schnee nun bis zu den Hüften reichte. Jetzt musste er sich vor Lawinen in Acht nehmen. Das Vorankommen im hohen Schnee war anstrengend, er musste so schnell wie möglich ein Dorf erreichen, irgendeines. Noch war aber keines in Sicht, vor ihm erstreckte sich eine nicht enden wollende Schneelandschaft. Es dämmerte, doch bei dem Weiß des Schnees war es schwer zu sagen, ob es wirklich die Sonne war oder ob der Schnee von sich aus strahlte.
Die im Tal liegende weiße Stille wurde von einem Lawinendonnern durchschnitten. Das Donnern riss Luka aus seiner Versenkung und ließ ihn die Welt um ihn herum wieder bewusst wahrnehmen. Bis dahin hatte ihn die mystische Stille der Natur in ihren Bann gezogen und schien ihn zu einem ungewissen Ziel zu drängen. Das Geräusch der abgehenden Lawine brachte ihn wieder zur Besinnung, und er schritt erneut entschlossen voran. Weit und breit war keine Spur zu sehen, die menschliche Existenz hätte erahnen lassen können. Der Schnee hatte den Weg genauso eingehüllt wie das rest-

liche Tal. Einzig die Hoffnung, früher oder später auf eine Siedlung oder einen Reisenden zu stoßen, trieb ihn an. Vorerst war die Welt jedoch gegen ihn, das Tal war menschenleer und unwirklich. Allein die Reinheit des Schnees und die grenzenlose Stille, die nichts Gutes zu versprechen schien, begleiteten ihn. Das Lawinendonnern weckte in ihm den Wunsch, dass es irgendwo von anderen Menschen gehört werden würde.
Vielleicht hatte es Tevdore ja aus dem Schlaf gerissen? Was würde er denken, wenn er Luka nicht mehr vorfand?
Wahrscheinlich würde er merken, dass sein Gast durch das Fenster entkommen war. Es könnte sein, dass er sich im Haus umschauen würde, um zu sehen, ob er etwas hatte mitgehen lassen. Was sollte man denn auch denken, wenn der Gast, dem man eben noch das Leben gerettet hatte, sich so klammheimlich davonschlich? Welch eine Feigheit! Wie hatte er sich nur so von der Angst leiten lassen können? Wahrscheinlich hatte sich Tevdore nach all den wölfischen Jahren danach gesehnt, endlich wieder Menschlichkeit zu zeigen, umso mehr würde ihn Lukas Verhalten verletzen.
Der Himmel hellte sich immer weiter auf. Die ersten Sonnenstrahlen zeichneten sich am Horizont ab, während in der Ferne erneut die Lawinen donnerten.
Jetzt wirkten sie aber bedrohlicher, als ob das ganze Tal wankte und zitterte und sogar die Erde bebte. Jede Minute konnte eine weitere Lawine niedergehen. Die Gefahr war besonders bei frisch gefallenem Schnee

groß, so dass die Menschen es mieden, bei Neuschnee zu reisen. Wahrscheinlich würde er heute auf keinen anderen Reisenden stoßen, er würde sich wohl oder übel allein durch den hohen Schnee kämpfen müssen, und wer wusste schon, wie weit seine Beine ihn noch tragen würden? Falls sich die Wolkendecke schließen und wieder Schnee fallen sollte, würde er sicherlich vom Weg abkommen. Welch jämmerliches Verhalten, sich so davonzuschleichen! Er hatte Tevdore ja nicht einmal gefragt, was genau passiert und wie er seinen Qualen entkommen war.
Falls er ihnen überhaupt entkommen ist?, erlag er wieder seinem Misstrauen, doch jetzt war es schon hell geworden und es gelang ihm, die Angst abzuschütteln. Nun konnte er wieder klar denken: Tevdore versuchte nur, seine Sünden wiedergutzumachen. Damals konnte er sich nicht wehren, doch er erinnerte sich noch gut an das, was der Wolf in ihm getan hatte, und nun tat er Buße dafür. Vielleicht hätte er sein Schicksal abwenden können. Sein Vater hatte ihn ja beauftragt, die eine Blume zu finden, doch auf der Suche nach ihr hatte er so viele Tiere erlegt, dass es kaum einen Unterschied mehr machte, ob er ein Mensch oder ein Wolf wäre. Wahrscheinlich war es ihm so oder so vorherbestimmt gewesen, er war den Schicksalsgöttinnen damit nur entgegengekommen. Jetzt aber reinigte Tevdore sich von seiner Schuld. Dass er fernab von den Menschen lebte, hatte den Grund, dass er unter ihnen litt – er sah die Wölfe in den Seelen der Menschen und noch dazu spürte er, wenn ihr Ende nahte.

Es war Sünde, so über ihn zu denken, wie er es gestern getan hatte, dachte Luka. Nun bei Tage würde er nichts lieber tun, als umzukehren und Tevdore weiter zuzuhören, wie er seine Geschichte zu Ende erzählte. Luka würde sonst nie erfahren, wie er sich hatte befreien können. War er gar der Erste, dem Tevdore seine Lebensgeschichte erzählt hatte? Sollte er die Lawinen überleben, würde es ihn sein ganzes Leben lang verfolgen, dass er den Mann, der ihn vor den Wölfen gerettet hatte, bestohlen und ohne Abschied zurückgelassen hatte.
Bestohlen?
Ja, bestohlen! Wie sollte man seine Tat auch sonst nennen? Als Gast ging er durch die Tür seines Hauses, und wie ein Dieb schlich er sich durch das Fenster davon. Tevdore hatte ihm sein Herz geöffnet, und er hatte ihm nicht bis zum Schluss zugehört, sondern ihn des Nachts sogar allerlei Verbrechen bezichtigt.
Die Frage war, ob Tevdore überhaupt im Nebenzimmer geschlafen hatte?
Doch bei Tag ließ er sich von den wirren Gedanken nicht mehr beirren, er könnte umkehren und ihm wie ein Mann gestehen: Ich habe an dir gezweifelt und bin deswegen davongeschlichen. Falls meine Zweifel berechtigt sein sollten, dann sage mir, was du mit mir vorhast, und falls ich dir Unrecht getan habe, dann vergib mir, so wie auch dein Vater mir vergeben hätte, und erzähl mir, wie du dich von deinem Los befreien konntest.
Würde er ihm die Wahrheit sagen?
Er würde. Er würde es bestimmt.

Luka wollte schon Kehrtmachen, da sah er für einen Moment im Geiste Tevdore vor dem offenen Fenster stehen, sich entsetzt und zugleich verwundert umschauen, sich fragend, was sein Gast hatte mitgehen lassen. Scham überkam ihn und er ging weiter den Weg entlang.
Am Horizont breitete sich Nebel aus, der neuen Schnee zu verheißen schien. Der Anblick war für ihn alles andere als erfreulich.
Nun fiel ihm ein Hügel auf, der eine vertraute Form hatte, er freute sich, da er dahinter ein Dorf vermutete. Er beschleunigte seine Schritte, doch kaum hatte er einige Meter zurückgelegt, da blieb er wie vom Blitz getroffen stehen: Auf dem Hügelkamm saß ein Rudel Wölfe, einer neben dem anderen.
Die Stille um ihn herum verdichtete sich bedrohlich.
Die Wölfe saßen regungslos da.
Luka stand eine Weile da, seine Gedanken rasten wie wild: Das sind gar keine Wölfe, sondern die Wachhunde aus dem Dorf hinter dem Hügel, hoffte er inständig.
Er pfiff ihnen zu.
Daraufhin antwortete einer der Wölfe mit einem langen Heulen. Dieses Heulen rief die Erinnerungen an die unheilvolle Nacht wach und kraftlos, wie er war, gaben Lukas Beine nach.
Er saß im Schnee und fragte sich, was er tun sollte, er wusste nicht mehr, wohin. Ihm kam es so vor, als ob – wohin auch immer er ginge – die Wölfe ihn erwarten und ihm auflauern würden.
Wird diese Welt denn wirklich von Wölfen beherrscht?,

fragte er sich und musste daran denken, was ihm Tevdore gesagt hatte: Die Wölfe durchstreifen unentwegt die Welt und tun ihr wölfisches Werk.
Wo sollte er nur hin?
Er konnte doch nicht hier rumsitzen, bis erneut die Nacht über ihn hereinbräche. Was würde es schon für einen Sinn ergeben, hier zu bleiben und auf Hilfe zu warten. Und wieso kommen die Wölfe denn nicht näher? Warum warteten sie, anstatt sich auf ihn zu stürzen? Offensichtlich trauten sie sich noch nicht, den Kreis um ihn zu schließen, vielleicht fürchteten sie sich ja vor Tevdore? Sein Haus war nicht weit von hier. Luka durfte keine Zeit verlieren, die Nacht durfte ihn nicht einholen. Er musste es noch bei Tageslicht zurück zu Tevdores Hütte schaffen, andernfalls würde er den Wölfen nachts ausgeliefert sein.
Luka schaute in die Richtung, in der er Tevdores Haus vermutete. Auf einem Hang, einige hundert Meter entfernt, stand ein Hund. Voller Angst glaubte er zunächst, einen weiteren Wolf zu sehen, doch der Hund bellte und lief schwanzwedelnd auf ihn zu. Bei ihm angelangt, setzte er sich vor ihm hin und blickte ihn mit treuen Augen an.
Nun erkannte Luka Tevdores Hund wieder.
Seine Freude war groß, und nun begriff er auch, wieso sich die Wölfe zurückhielten.
Der Hund lief ein paar Schritte vor und bellte einige Male. Freudig signalisierte er Luka mit seinem Schwanzwedeln, dass er ihm folgen sollte. Mit seinem mächtigen

Körper schlug er eine Schneise in den Schnee, was Luka das Vorankommen erleichterte. Von Zeit zu Zeit blieb der Hund stehen, lief ein wenig zurück und bellte laut in die Ferne, in Richtung der Wölfe, als wollte er ihnen drohen, sich ja nicht näher heranzuwagen.

Das Auftauchen des Hundes ließ Luka Mut fassen und ihn die Wölfe auf dem Hügelkamm vergessen. Jetzt freute er sich darauf, Tevdore wiederzusehen.

Vielleicht hat er mir mit Absicht seinen Hund hinterhergeschickt?, meldete sich der Argwohn aus dem dunkelsten Teil seiner Gedanken zurück. Doch bei dem treuen Wesen des Hundes und seiner tapferen Art, sich den Wölfen entgegenzustellen, konnte es nur Sünde sein, so schlecht von ihm und seinem Herrn zu denken.

Nur eines wunderte ihn. Wie konnte solch ein kluger Hund nicht spüren, dass sein Herr einst Teil eben jener Wölfe war, die auf dem Hügel wachten und nächtlichen Reisenden auflauerten? War denn wirklich nichts Wölfisches mehr in Tevdore geblieben, das der Hund hätte wittern können? Wieso waren Hunde den Wölfen gegenüber so feindselig und den Menschen so treu, wo doch die Menschen selbst einander nicht treu waren? Die Menschen würden ihrer wölfischen Natur so lange frönen, bis die ganze Menschheit einem Wolfsrudel gliche.

Die Schneelandschaft vor ihnen schien kein Ende zu nehmen, allmählich schwanden seine Kräfte, während der Wunsch, seinen Durst zu stillen, immer größer wurde. Er nahm eine Handvoll Schnee und ließ ihn in

seinem Mund schmelzen – es schien ihm nichts Köstlicheres zu geben als eisigen Schnee.
Schwer atmend stiegen sie den Hang hoch, die Wölfe waren nicht mehr zu sehen und der Hund bellte nicht mehr. Tevdore wartete vor dem Haus auf sie.
»Da bist du ja wieder, Luka!« Man merkte ihm die Freude über das Wiedersehen deutlich an. »Ich dachte schon, du wärest mir davongelaufen.«
»Nicht doch. Zur Dämmerung hatte der Schneefall schon nachgelassen und da stieg ich schnell aus dem Fenster, damit der Hund nicht bellt und dich weckt«, log Luka.
»Wer macht sich denn zu solch einer Stunde auf den Weg? Jetzt, wo jede Minute eine Lawine abgehen könnte – ich habe den Hund nach dir geschickt, heute Morgen ging es mir nicht so gut. Meine Kraft ist seit meinen Tagen als Wolf immer mehr geschwunden, damals musste ich Wind und Wetter trotzen. Den ganzen Morgen über hab ich nach euch Ausschau gehalten. Gedankt sei der heiligen Dreifaltigkeit, dass dir nichts passiert ist. Komm, komm. Lass uns Feuer machen, du wirst bestimmt hungrig sein.«
Tevdore klopfte Luka auf die Schulter und ging voraus ins Haus.
»Wo hat der Hund dich denn eingeholt?«, fragte Tevdore noch.
»Ich war schon fast bei dem Hügel, hinter dem ich das nächste Dorf vermutete, doch als ich hochschaute, sah ich oben auf dem Kamm ein Wolfsrudel – sie saßen

da und warteten auf mich. Wahrscheinlich hat sie nur das Herannahen deines Hundes davon abgehalten, auf mich loszugehen.«

»Das dachte ich mir schon. Irgendwas sagte mir, dass sie sich hier herumtreiben«, sagte Tevdore. »Ich spüre immer, wenn sie in der Nähe sind. Nicht nur das, ich halte es auch unter den Menschen nicht mehr aus. Mein Herz lässt mich ständig wissen, dass unter ihnen Wölfe sind. Ich war einmal in der Stadt, da bin ich verrückt geworden. Im Dorf leben nur wenige, deswegen fallen sie dort eher auf. Aber die Stadt ist voll von Wölfen. Wo immer ich auch war, überall witterte ich Wölfe. Mich hatte man nur die Wolfsform annehmen lassen, doch die, die sich in Menschengestalt unter die Leute mischen, haben allerlei Aufträge zu erfüllen. Diese Wölfe weilen unter euch und jagen. Während du versuchst, Gutes zu tun, tun sie alles, um die Menschen zu täuschen. Sie hetzen ihresgleichen auf dich und saugen dir das Blut aus. In ihrer Seele wohnen Wölfe, die nicht imstande sind, Gutes zu tun. Wie könnten sie auch, sie sind nun mal Wölfe! Dir gegenüber sind sie voller Missgunst, voller Neid, und ihre Aufgabe ist es, jede gute Tat zu vereiteln. Dabei ist ihnen jedes Mittel recht, das sie durch ihre Gesetze legitimieren. Aber komm, Luka, wärm dich erst mal auf. Du bist ja ganz durchnässt.«

Tevdore machte Feuer.

Luka setzte sich an den Kamin.

Tevdore brachte den Hocker, auf den er ein Tablett mit Brot, Käse und Honig stellte.

»Die Menschen sind wie Lämmer, Luka, sobald sie den Geruch der Wölfe wahrnehmen, bekommen sie Angst. Erst recht bei Nacht. Sobald eines der Lämmer erschrickt, laufen ihm alle anderen nach. So kann man eine ganze Herde verlieren«, fuhr er fort und setzte sich zu Luka an den Kamin. »Einmal, es war tiefste Nacht, fielen wir über eine Schafherde her. Es war so dunkel, dass man seine eigene Pfote nicht vor Augen sehen konnte. Sowie wir sie anfielen, brach Panik aus. Die Koppel grenzte an einer Seite an einen Abgrund. Sobald das erste Schaf in den Abgrund gesprungen war, folgte ihm die ganze Herde. Die Hirten warfen sich dazwischen, riefen ihren Tieren zu, versuchten, sie vom Abgrund wegzutreiben, doch alles vergebens. Ein Schaf sprang voraus und alle anderen folgten. Wir liefen auf den Kamm und schauten dem wirren Treiben eine ganze Weile zu. Am nächsten Tag hatte sich der Abgrund fast gefüllt, so viele Schafe waren hineingestürzt. Man hätte denken können, eine Lawine wäre niedergegangen. Die Hirten standen am Abgrund, lehnten sich auf ihre Stöcke und blickten voll Elend auf die verunglückte Herde herunter.

Manchen Wölfen hat man es zur Aufgabe gemacht, so viele verheiratete Frauen wie möglich zu verführen. Solche Wölfe trifft man sowohl in Dörfern als auch in Städten, sie vermehren sich, huren und verderben die Welt. Diese Wölfe suchen sich ihre Opfer gezielt aus, umschwirren und umschmeicheln sie, bis sie ihnen erlegen sind. Sie kennen verschiedene Methoden, um die

ehrbaren Frauen vom rechten Weg abzubringen – mit Geschenken, Geld und noch vielem mehr. In ihrer Erregung folgen die Frauen ihnen blindlings ins Verderben, willig geben sie sich ihnen hin und stimmen mit leidenschaftlichem Stöhnen in ihr Geheul ein. Die Früchte dieser Verbindung sind die Bastarde der Wölfe. Die Frau, die nicht ihrem Mann, sondern einem Wolf beigelegen ist und dem Kind die Brust gibt, tut der Sippe der Wölfe einen Dienst, denn sie zieht damit einen neuen Wolf heran. Den Doraiern sind dabei zerrüttete und sittenlose Familien am liebsten. In einer verdorbenen Umgebung ist die Chance größer, einen Bastard zu gebären und zum Wolf großzuziehen. So erstarkt und vermehrt sich die Sippe der Wölfe.
Ich will dir deine Weltsicht nicht zerstören, aber ich erzähle dir hier nur das, was ich mit eigenen Augen gesehen und wahrgenommen habe.
Manchmal brachte man diese Frauen sogar direkt zu den Sippenführern ins Doraier-Tal. Es gab Zeiten, in denen einer der Anführer die ganze Macht im Tal an sich riss und uns Verderben über das ganze Land bringen ließ – auf seinen Wunsch hin wurden Tausende Familien zerstört. Die Wölfe trieben sich herum und wo auch immer sie eine schöne Frau antrafen, brachten sie sie ins Tal zu ihrem Anführer, damit dieser seine Gelüste stillen konnte. Aus Angst vor den Wölfen wagten es die Menschen kaum, nachts die Augen zu schließen. Die Doraier hielten immer häufiger Versammlungen ab, und mit jedem Mal stieg die Zahl der Spitzel. In-

zwischen dachte jeder von uns nur noch an sein eigenes Überleben. Während es früher noch möglich war zu rebellieren, lief es uns nun eiskalt den Rücken runter, wenn wir auch nur daran dachten. Aber bald hatte das gegenseitige Misstrauen auch die Doraier erreicht.
Nun lebe ich ja schon seit einer Weile wieder als Mensch, doch wenn ich an die Zeit zurückdenke, wird mir noch immer ganz bang ums Herz. Ach, wie viele Sünden ich auf mich geladen habe! Ständig plagen sie mich. Manchmal fallen mir Dinge wieder ein, die ich längst verdrängt glaubte – das Schuldgefühl, das mich dann überkommt, ist so übermächtig, dass es mich vollkommen lähmt. Dann versuche ich, an etwas aus meiner Kindheit zu denken, doch ich kann mich nicht mehr so gut an alles erinnern ... Manche Erinnerungen sind nur vage, andere wiederum sehe ich klar und deutlich vor mir. Wie damals, als sie die Kolchosen gründeten. In jedem Dorf gab es eine und die Schäfer mussten all ihre Tiere dorthin bringen.
In unserem Dorf lebte zu der Zeit ein Mann, der Gogia hieß. Sein Vieh war so zahlreich, dass er einen ganzen Tag benötigte, um seine Schafe über eine Brücke zu treiben. Einen Teil seiner Herde ließ er ganzjährig auf den höher gelegenen Weiden. Die frisch gemolkene Milch beförderte er über Tonröhren bis hinunter zu seinem Haus. Trotz allen Reichtums – er hatte mehr Vieh als alle anderen und arbeitete mehr als alle anderen – war er ein äußerst bescheidener Mann, der sich nur selten etwas gönnte. Man sah ihn oft barfuß laufen, während

er seine neuen Stiefel über der Schulter hängen hatte. Ich habe mich stets gefragt, wozu er sie sich aufhob und warum er überhaupt so viel arbeitete.

Als sie die Kolchosen gründeten, war Gogia natürlich der Erste, der sein Vieh abgeben musste. Später richtete man in seinem Haus die Verwaltung der Kolchose ein.

Gogia war aber nicht der Einzige, der eine stattliche Herde hatte. Es gab noch andere Familien im Dorf, deren Viehbestand sich sehen lassen konnte. Die Dorfbewohner und ihr Vieh wurden in den Kolchosen kollektiviert und mit der Zeit gewöhnten sich die Menschen an das neue Leben.

Nur Gogia verlor jegliche Lebenslust.

Er grämte sich.

Jedes Mal, wenn er auf seine einstige Schafherde blickte, entwich ihm ein bedrücktes Seufzen.

Er hielt es kaum ein Jahr aus.

Er litt.

Er verkümmerte.

Und schied leise dahin.

Das Kollektiv verwehrte ihm die Grabbeigaben, es sei eine neue Zeit und man müsse die alten Gebräuche hinter sich lassen, meinten sie. Und so wurde Gogia – einst Hüter über eine Vielzahl von Schafen – ohne eine Opfergabe für die Götter auf seine letzte Reise geschickt.

Später rief das Kollektiv zum Kampf gegen die Kulaken – einige der Männer gingen von Tür zu Tür, und wenn sie in einem Haus Besitz fanden, bei dem sie der Meinung waren, er sei überschüssig – wie zum Beispiel zwei Töpfe statt einem –, so nahmen sie einen davon mit. Manchen gelang es, ihren Besitz in den Wäldern zu verstecken. Doch überall waren Spitzel, die wussten, was die Leute in ihren Häusern hatten.

Das ist schon eine Ewigkeit her, aber erst vor fünf Jahren hat man durch einen Zufall im Wald die Wolle der Khisaanis wiedergefunden.

Die Familie zählte zu den wohlhabenderen Landwirten, den sogenannten Kulaken. Ihr Viehbestand war so groß, dass man die Tiere kaum zählen konnte.

In der Zeit, in der man gegen die Kulaken kämpfte, schlichen sich die Khisaanis nachts in den Wald und versteckten ihre Wolle. Als der Terror vorbei war, wollten sie sich ihren Besitz wiederholen. Doch die Säcke mit der Wolle waren aus dem Versteck verschwunden.

Zuerst suchten sie heimlich danach.

Doch als die Suche erfolglos blieb, brachen sie ihr Schweigen.

Mal beschuldigten sie den einen, mal den anderen.

Schlussendlich geriet die Wolle in Vergessenheit.

Viele von denen, die sie im Verdacht hatten, waren schon nicht mehr auf der Welt.

Vor fünf Jahren fiel ein Bär mit weißem Fell über das Vieh her. Wahrscheinlich wirst du dich noch daran erinnern können, Luka. Die Menschen fragten sich erstaunt, woher der Eisbär käme.

Die Männer aus dem Dorf folgten ihm bis zu seinem Bau und legten am Eingang eine Falle.

Sie schnappte zu.

Der Bär brüllte furchterregend auf.
Das Schmerzensgebrüll war bis ins Tal zu hören.
Zu jener Zeit war es verboten, Bären zu schießen, deswegen hatte man sich für die Falle entschieden. Die Leute gingen mit Stöcken auf den verletzten Bären los und mit jedem Schlag lösten sich kleine Wollfetzen aus seinem Fell und rieselten wie Schneeflocken zu Boden.
Die Männer konnten es kaum glauben.
Der Eisbär, der ihnen in die Falle gegangen war, entpuppte sich als Braunbär!
Sie wandten sich an die Verwaltung: ›Wir haben einen Bären gefangen, wenn Sie es uns erlauben, werden wir ihn erlegen. Ansonsten bitten wir Sie, ihn von hier fortzuschaffen.‹
Es kam die Miliz.
Die Milizionäre wollten wissen, wer die Falle aufgestellt hatte.
Dann brachten sie beide weg – den Bären und den Fallensteller.
Die Leute konnten sich nicht erklären, wie der Bär an all die Wolle geraten war. Glücklicherweise fand sich ein Mutiger, der bereit war, in die Höhle zu gehen.
Kurze Zeit später kam er sichtlich erstaunt heraus.
Die ganze Wolle der Khisaanis lag in der Höhle verstreut. Aber nicht nur die Wolle hatte man dort versteckt, sondern auch Messingtöpfe, einen mit Silber verzierten Sattel samt Zaumzeug, eine Ziehharmonika und einige handgeknüpfte bunte Teppiche, die aber bereits von Motten zerfressen und ausgefranst waren. Als

man sie draußen ausrollte, brach Eliso Khisaani, die die Teppiche wiedererkannt hatte, in Tränen aus.
›Ach elendes Schicksal! Auf unserem Schweiß und Blut lässt du den Bären sich ausruhen. Unsereinem aber nimmst du Kraft und Jugend. Ach elendes Schicksal!‹
Als man ihr die Ziehharmonika brachte, wurden ihre Wehklagen noch lauter. Sie nahm sie in die Hand, als wollte sie ihre Klagen musikalisch begleiten, doch kaum hatte sie sie auseinandergezogen, gab das Instrument einen kläglichen Ton von sich und brach auseinander.
›Zur Hölle damit!‹, fluchte sie und warf sie von sich.
Auf einem der Teppiche war ein Hirsch zu sehen, der sich mit seinem mächtigen Geweih gegen einen Wolf wehrte. Die Motten hatten genau den Teil gefressen, auf dem der Hirschkopf abgebildet war. Der kopflose Hirsch verneigte sich vor dem Wolf, dessen rotes Maul weit aufgerissen war. Oben auf dem Teppich hatte sich die Künstlerin mit ihrem Namen verewigt: Eliso.
›Verdammt sei der Tag, an dem du hergestellt wurdest‹, verfluchte Eliso nun auch den Teppich.
›Und was sollen wir jetzt mit den Töpfen und dem Sattel machen?‹, fragte jemand.
›Ich will nichts davon haben. Als ich es gebraucht habe, ja, da hat's mir gefehlt. Doch was soll ich jetzt schon mit diesen verrußten Töpfen und Pfannen?‹, sagte Vasili, Elisos Bruder.
›Und der Sattel? Der ist mit Silber verziert. Den könntest du verkaufen.‹

›Nein, der, der einst darauf saß, ist nicht mehr. Wie könnte ich den Sattel eines Toten verkaufen?‹
Einzig Eliso nahm sich aus dem Haufen einen dünnen silbernen Gürtel mit Goldverzierungen, der mit einigen Edelsteinen besetzt war. Sie schnallte ihn sich um und sagte: ›Er hat meiner Mutter gehört. Eher bringe ich mich um, als ihn je wieder herzugeben.‹
›Die Wolle ist warm und weich, kein Wunder, dass der Bär die Säcke in seine Höhle geschafft hat. Aber was wollte er mit all dem anderen Trödel und dem Sattel?‹, wunderten sich die Leute.
›Oder hattet ihr das alles schon von Anfang an hergeschleppt, bevor sich der Bär sein Winterquartier hier einrichtete?‹, erkundigte man sich bei Vasili.
›Nein, ich schwöre bei meiner Mutter und meinem Vater. Wir hatten es unten im Wald versteckt. Wieso sollten wir es auch in eine Bärenhöhle bringen? So verrückt sind wir nun auch wieder nicht.‹
›Wer weiß, wie viele Bären schon auf eurer Wolle heranwuchsen?‹
›Ja, das wird schon nicht der Erste gewesen sein.‹
›Wozu habt ihr eigentlich die Töpfe versteckt? Die hätte euch doch keiner abgenommen?‹
›Das sagst du jetzt, aber weißt du nicht mehr, damals hat schon ein zweiter Topf gereicht, um als Kulake durchzugehen!‹, entgegnete Vasili.
Doch nicht nur Töpfe, man hatte den Leuten sogar die Löffel weggenommen, so waren die Zeiten damals. Unter den Schergen, die von Dorf zu Dorf gingen, gab

es allerlei zwielichtige Gestalten. Hauptsache, sie konnten jemanden mitnehmen, egal, ob Kulake oder nicht. Ich hatte dir ja schon gesagt, dass mein Vater ein bescheidener Mann war, umso mehr wunderten wir uns, als es an unserer Tür klopfte.

Normalerweise hatten wir nie Maismehl vorrätig, doch just an jenem Tag hatte mein Vater ein wenig auftreiben können. Meine Mutter war gerade dabei, uns Maisbrei zu kochen. Wir Kinder konnten es kaum abwarten, dass der gelbe Brei fertig war. Wenn man einen Löffel Butterschmalz in die Mitte gab, wurde daraus die leckerste Mahlzeit, die wir uns vorstellen konnten. Mit gezückten Löffeln standen wir bereit und warteten darauf, dass sie den Kessel vom Feuer nahm.

›Sie kommen! Sie kommen!‹, rief jemand im Dorf.

Eine Gruppe Männer war im Dorf eingetroffen. Einige von ihnen kannte ich sogar. Meine Eltern nahmen es gelassen, wir hatten ja nichts zu verbergen.

›Wir sind hier, um euren Besitz zu registrieren. Was habt ihr, was von Wert sein könnte?‹, fragte man meinen Vater. Sie warteten seine Antwort gar nicht erst ab, sondern fingen sofort an, das Haus zu durchsuchen.

Wir hatten keine wertvollen Gegenstände, sie waren aber dennoch der Meinung, dass wir zu viel besaßen, und so luden sie einiges davon auf ihre Pferde.

›Und der Kessel?‹, fragte einer der Männer seinen Anführer. ›Der ist aus Kupfer. Sollten wir ihn nicht mitnehmen?‹, er deutete dabei auf den mit Brei gefüllten Kessel, der über dem Feuer hing.

›Haben sie einen zweiten?‹
›Ja, aber der hier sieht wertvoller aus.‹
›Dann her damit‹, befahl der Anführer, der eine Mauser am Gürtel trug.
Die Beamten griffen nach einem dicken Ast, steckten ihn durch den Kesselhenkel, hoben ihn zu zweit von der Feuerstelle und setzten so ihren Weg durchs Dorf fort, während der Maisgrieß noch weiter vor sich hin blubberte und heißen Dampf aufsteigen ließ.
Unser Vater blieb verdutzt zurück.
Wir hielten unsere Löffel noch in der Hand und starrten ihn an.
Als unsere Mutter uns so sah, konnte sie ihre Tränen nicht mehr zurückhalten und weinte laut los.
›Oh weh, meine armen Kinder!‹, klagte sie, während sie sich die Tränen von den Wangen wischte.
Mein Vater regte sich nie auf, auch jetzt blieb er gelassen. Er nahm uns wortlos die Löffel aus der Hand, ging hinaus auf den Hof, und als er am Zaun angekommen war, rief er den Männern mit dem Kessel hinterher: ›Ihr habt die Löffel vergessen, meine Herren, die Löffel!‹
So waren die Zeiten damals. Jeder, der konnte, versteckte sein Hab und Gut. Was man nicht verstecken konnte, wurde mitgenommen. Erinnerst du dich noch an die Kirche von Gamsi?«, fragte Tevdore Luka.
»Ja, klar erinnere ich mich«, antwortete Luka.
»Samstags und sonntags strömte die ganze Talbevölkerung zur Messe nach Gamsi, es passten kaum alle in die Kirche. Der Priester war aus unserem Dorf. Er hieß

Thadeus. Er hatte ein freundliches Gesicht. Seine weiße Haarpracht fiel in Wellen auf sein schwarzes Gewand. Als die Menschen anfingen, ihren Besitz in Sicherheit zu bringen, nahm auch Thadeus den Kirchenschatz und versteckte ihn. Von da an fanden keine Messen mehr statt, und im Kirchenhof spross allmählich das Unkraut. Zu der Zeit rief man den Kommunistischen Jugendverband ins Leben, und wir wurden in Verbandsgruppen eingeteilt. Wir gingen von Dorf zu Dorf und mussten die Kirchenschätze beschlagnahmen. Wir suchten lange nach Thadeus' Schatz, letztendlich war es sein Sohn, der uns half.

Der Junge hieß Kora. Eines Tages kam er zu uns und bat uns, ihn in die Verbandsgruppe aufzunehmen.

›Wir nehmen keine Söhne von Verrätern und Priestern auf‹, wies der Gruppenleiter ihn ab.

Kora trottete davon.

Am nächsten Tag wollten wir gerade wieder auf einen unserer Streifzüge gehen, als ein wilder Tumult im Dorf ausbrach. Kora hatte seinem Vater das Haar samt Bart abgeschnitten, seine Handgelenke gefesselt und ihm den Kirchenschatz auf den Rücken geladen – so trieb er ihn vor sich her.

›Verdammt seist du auf ewig! Möge dich Gottes Zorn treffen!‹, verfluchte ihn sein Vater.

Wild gestikulierend folgte ihm die ganze Dorfgemeinschaft, doch keiner traute sich, dem Priester Beistand zu leisten. Als wir zu ihnen stießen, nahm Kora seinem Vater den Schatz ab und ließ ihn laufen.

›Gott wird dies nicht ungesühnt lassen!‹, war das Einzige, was der kahl geschorene Priester sagen konnte, bevor er sich erschöpft davonmachte.
Kora wurde noch am gleichen Tag in die Gruppe aufgenommen. Er tat sich schon sehr bald hervor, so dass seine Beförderung nicht lange auf sich warten ließ.
Der Priester aber verschwand und ließ sich von da an nicht mehr im Dorf blicken.
Seitdem ist viel Wasser den Bach hinuntergeflossen. Als ich ihn auf dem Klosterberg wiedersah, war ich bereits ein Wolf. Zuerst erkannte ich ihn nicht, denn ich hatte seine Existenz schon ganz vergessen.
Das war in der Nacht, in der wir Donata auf den Berg gefolgt waren. Doch der Vollmond stieg hinter dem Bergkamm empor und verscheuchte uns. Wir zogen uns zurück und suchten Schutz in den Rhododendronbüschen.
Und während wir uns dort vor dem Mond versteckten, sah ich den weißbärtigen Greis, wie er hinkend zwischen den Ruinen des Klosters hin und her lief. Auch die anderen Wölfe hatten ihn bemerkt und wir heulten einander leise zu. Da erst fiel mir der Tag ein, an dem Kora Gamsiveli seinen Vater mit einem Strick gefesselt dem Dorf vorgeführt hatte.
Thadeus war kaum wiederzuerkennen. Er war alt geworden. Das Laufen fiel ihm schwer. Sein weißer Bart hing wie früher an seiner Kutte herunter.
Die Älteren hatten ihn schon vergessen und die Jüngeren wussten nichts von seiner Existenz. Wahrscheinlich

war er hierhergekommen – der Berg galt den Talbewohnern als heilig –, um hier fern der Menschen zu leben. Doch jemand musste von seinem Verbleib gewusst und ihm heimlich Essen hochgebracht haben.«

»Wahrscheinlich wusste Donata Bescheid«, vermutete Luka.

»Ich weiß es nicht, aber es kann gut sein, dass sie es war«, erwiderte Tevdore. »Ich betrachtete den Greis, wie er im Mondschein zwischen den Ruinen herumlief, und die Erinnerungen an jenen Tag drängten sich mir unweigerlich auf.

Thadeus hielt ein Buch in der Hand und schien ins Gebet versunken zu sein. In den Büschen heulte Jalaba ungeduldig auf, doch der Leitwolf ließ ihn noch nicht gewähren.

Der Mondschein nahm an Intensität zu.

Später, als bereits Korai unser Leitwolf war, kamen wir auf Geheiß des Doraiers abermals zum Mönchsberg.

Korai war aufgetragen worden, sich um den Mönch Thadeus zu kümmern, und so liefen wir rastlos den Berg hoch.

Wir waren hungrig.

Die Sonne ging unter.

Oben angekommen sahen wir zu, wie der alte Mann langsam zum Quellwasser ging, dicht auf den Boden gedrückt, schlichen wir uns von beiden Seiten an ihn heran und umkreisten ihn.

Eigentlich hätten wir ihn nicht einmal umzingeln müssen, er konnte sich ja kaum auf den Beinen halten,

so gebrechlich war er inzwischen. Er schaute hoch. Erschrak. Bekreuzigte sich. Wir schlossen den Kreis enger. Er nahm ein kleines Buch aus der Tasche, schlug es auf und fing an zu lesen. Vor Hunger hörten wir keines der Wörter, die er vor sich her sagte. Korai machte einen Satz und riss den Greis zu Boden. An eines erinnere ich mich genau: Unter Korais Krallen rief Thadeus aus tiefster Kehle: ›Das wird nicht ungesühnt bleiben!‹
Korai sollte später für seine Taten büßen müssen, nicht nur für diese. Am nächsten Tag begingen wir ein noch schlimmeres Verbrechen. Wahrscheinlich wirst du dich nicht mehr an die große Hungersnot erinnern können, du warst noch zu klein.«
»Doch, ich erinnere mich daran. In jenem Herbst kam ich in die erste Klasse. Die Mutter meines Klassenkameraden wurde von einem Wolf gerissen«, sagte Luka.
»In den Bergen, oder? Als sie Heu machte.«
»Ich glaube ja. Ich kann mich nur noch grob daran erinnern.«
»Ja, das war zu Korais Zeit als Leitwolf. All diese Sünden ... Wenn ich jetzt daran denke, stell ich mir vor, wie die zwei kleinen Jungen die Hänge hochlaufen, um der Mutter Essen zu bringen. Der Vater war längst verstorben. Bald würden sie Waisen sein.
Die Mutter arbeitete Tag und Nacht, damit die Kinder etwas zu essen hatten. Die Zeiten waren für alle hart. Bald würde der Winter hereinbrechen. Auch wir Wölfe hungerten.
Es gab keine Ernte, die man hätte einholen können,

und Mehl war nur schwer zu bekommen. Die Mutter der kleinen Jungen schuftete auf den Berghängen, um wenigstens etwas Heu für den Winter zu machen. Am Ende des Tages, erschöpft von der Schinderei, fiel ihr sogar der lange Weg nach Hause zu ihren Kindern schwer. Die Nächte verbrachte die Frau deshalb oft auf den Feldern, sie legte sich zum Schlafen einfach auf die Heuhaufen.

Sie war um ihre Jungen besorgt. Bevor sie ging, ließ sie ihnen immer einige Scheiben trockenes Brot da. Nur einer der Jungen ging zur Schule.«

»Der andere war noch zu klein«, sagte Luka.

»Ja, er war viel jünger.«

»Der Großvater wohnte bei ihnen.«

»Er war bereits recht alt, und wie so oft bei verarmten Greisen verbot er den Jungen alles. Sein alter Körper brauchte nicht mehr viel zu essen, die Jungen aber hungerten. Nachts froren sie, und das ohnehin schon trockene Brot, das die Mutter ihnen ließ, wurde über Nacht so hart wie Stein. Manchmal, wenn vom Brot etwas übrig blieb, packten die Jungen es ein und liefen den Hang hoch, um es ihrer Mutter zu bringen.

An einem dieser Tage war es besonders kalt. Den Jungen froren ihre Finger, sie trugen abwechselnd das Brot, fest an die Brust gedrückt.

Wir Wölfe hatten uns in den Büschen versteckt und beobachteten sie von dort aus. Plötzlich fiel einem der Jungen das Brot aus den steif gefrorenen Händen und rollte den Hang herunter. Hals über Kopf liefen sie dem

Brot hinterher, das wie ein Ball durch die Luft flog und unten ankam, ohne dass auch nur ein Krümel abgefallen wäre.
Die Jungen sammelten es wieder ein und setzten ihren Weg fort.
Es war bitterkalt.
Wir harrten zähneklappernd in den Büschen aus.
Der warme Atem der Jungen stieg wie Dampfwolken aus ihren Mündern.
Während sie weiterstiegen, entfernten sie sich immer mehr von uns, bis wir sie aus den Augen verloren. Wir sahen sie erst wieder, als sie weinend von den Heuhängen hinunter ins Tal liefen. Das Brot hatten sie dort gelassen.
In der Nacht davor hatte Korai befohlen, die Frau anzufallen, er selbst hatte das Todesurteil vollstreckt. Keiner von uns hatte Einwände erhoben, im Tal der Doraier hatten wir alle unsere Lektion gelernt und dachten nur noch daran, unsere eigene Haut zu retten.
Noch immer höre ich das bittere Weinen der Jungen.
Noch immer sehe ich sie klar vor mir, wie sie das Brot, eng an die Brust gedrückt, zu ihrer Mutter bringen wollten.
Noch immer sehe ich sie rennen.
Noch immer sehe ich die Panik in ihren Augen.
Noch wussten sie nicht, was der Tod ihrer Mutter für sie bedeuten würde.
Es herrschte klirrende Kälte.
Aus unseren offenen Rachen stieg warmer Atem.

Mit einer Geste bedeutete uns Korai aufzubrechen, und so ließen wir das Dorf hinter uns.
Die armen Jungen, wahrscheinlich haben sie danach noch öfter hungern müssen.«
»Damals haben alle gehungert«, fügte Luka hinzu. »Ich kann mich noch gut an einen Tag erinnern, als mich mein Lehrer zur Strafe in die Ecke stellte. Ich hatte solchen Hunger, dass ich ohnmächtig wurde. Daraufhin bekam der Lehrer Ärger für die harte Bestrafung. Dabei lag es ja nicht an der Strafe, sondern am Hunger.«
»Weißt du, wie es den Jungen danach erging?«, fragte Tevdore nach.
»Auch sie mussten Hunger leiden. Eine Zeitlang kümmerte sich ein Onkel um sie. Er kam aus dem Nachbardorf, Jarji hieß er, glaube ich.«
Tevdore erstarrte, und Luka konnte sehen, wie er verzweifelt versuchte, sich etwas in Erinnerung zu rufen.
»Jarji? Er war ihr Onkel?«
»Ja, mütterlicherseits. Er schaute oft nach den Kindern. Er wollte sie sogar zu sich nehmen, doch die Jungen wollten den Großvater nicht alleine lassen. Jarji schlug vor, auch ihn zu sich zu nehmen, doch der Großvater wollte sein Heim nicht verlassen. Also blieben sie dort und der Onkel versorgte sie von da an. Jarjis Mutter schaute ebenfalls immer wieder nach den Jungen, ich erinnere mich noch, dass sie, sobald sie das Dorf betreten hatte, lauthals zu weinen anfing: ›Gott, was haben wir dir angetan, dass du die Wölfe sich so vermehren ließest!‹ Diese Worte sind mir in Erinnerung geblieben.

Jarji holte seine Neffen oft von der Schule ab. Er war im ganzen Tal für seine Tapferkeit bekannt und niemand hätte es gewagt, den Kleinen etwas anzutun.«

»Die Anführer im Tal der Doraier wechselten ständig, und so war die Lage damals mehr als unsicher. Manche Anführer starben eines natürlichen, andere wiederum eines gewaltsamen Todes. Die toten Anführer waren schnell vergessen, und so verharrten wir in ängstlicher Erwartung, bis ein neuer bestimmt wurde. Während meiner Zeit als Wolf habe ich mehreren gedient, und sie alle hatten ihre eigenen Gesetze und Regeln. Den Doraiern waren alle tapferen Männer dieser Welt verhasst. Sie würden nicht locker lassen, bis sie sie zu einem der ihren gemacht hatten. Falls sie es nicht schafften, hetzte man uns Wölfe auf sie oder sorgte dafür, dass sie ein Unglück ereilte.«

Tevdore machte eine Pause, bevor er weitersprach: »Von Jarjis Tapferkeit erzählte man sich auch im Tal der Doraier, noch bevor wir seine Schwester anfielen. Eines Tages brachte man ihm einen verwaisten Wolfswelpen. Jarji war Hirte und er zog den Welpen in der Hoffnung groß, dass dieser, wenn er ausgewachsen und gezähmt wäre, die Schafherde vor seinesgleichen beschützen würde.

Mit der Zeit gewöhnten sich auch die anderen Hirten an diesen unüblichen Schäferhund und verloren ihren Argwohn ihm gegenüber. Nachts schlief der Wolf zu Füßen seines furchtlosen Herrn. Zu furchtlos für die Doraier und so beschloss man, sich seiner zu entledigen.

Eines Nachts blieb er mit dem Wolf allein bei der Herde. In seinen Filzmantel gehüllt hatte er es sich unter dem freien Himmel gemütlich gemacht und sich erlaubt, am Lagerfeuer einzunicken, in der Gewissheit, sein Wolf würde über ihn und die Herde wachen. Kurze Zeit später vernahm er ein ungewöhnliches Geräusch und öffnete leicht die Augen.

Was er sah, verwunderte ihn. Normalerweise mied sein Wolf das Feuer, doch nun stand er dicht an den Flammen und schüttelte sein nasses Fell, als wolle er sie auf diese Weise löschen. Dann lief er zu einem nahe gelegenen Bach, tränkte sein Fell und kam zum Lagerfeuer zurück, wo er sich abermals schüttelte. Jarji begriff zuerst nicht, was sein Wolf damit bezwecken wollte.

Doch dann keimte in ihm ein leiser Verdacht.

Als sein Wolf erneut zum Bach lief, stand er rasch auf, drapierte seinen Mantel so, als würde er noch daliegen, und versteckte sich zwischen den nahen Felsen.

Von dort beobachtete er, wie sein Wolf den Vorgang so lange wiederholte, bis das Feuer erloschen war. Dann stürzte er sich auf den Mantel und verbiss sich darin.

Nun gab es für ihn keinen Zweifel mehr. Noch bevor sein Wolf bemerken konnte, dass sein Herr ihm entwischt war, schlich sich Jarji von hinten an ihn heran und stieß ihm einen zweischneidigen Dolch in den Nacken.

Sein vormals so treuer Wolf sank auf der Stelle leblos zu Boden.

Als am nächsten Tag die anderen Hirten zur Ablösung

kamen, wunderten sie sich, dass Jarji seinen Wolf, den er eigenhändig aufgezogen hatte, getötet hatte. Trotz seiner Liebe zu ihm hatte Jarji keine Sekunde gezögert, und mutig, wie er war, hatte er auch danach keinerlei Angst verspürt.

Deswegen fielen wir seine Schwester an.

Als er selbst danach noch furchtlos blieb, war es mit der Geduld der Doraier vorbei und sie beauftragten einen Wolf namens Tatara, ihn aus dem Weg zu schaffen.

Ausgerechnet in einer Nacht, in der der Mond nirgends zu sehen war und völlige Finsternis im Tal herrschte, hatte sich Jarji in den Kopf gesetzt, nach seinen Neffen zu schauen.

›Wo willst du zu dieser Stunde denn noch hin?‹, protestierte seine Mutter. ›Du wirst noch vom Weg abkommen und dir das Genick brechen! Sie schlafen bestimmt schon, meine Engel! Du wirst sie nur erschrecken!‹

›Nein, ich muss sie jetzt sehen. Ich habe ein ungutes Gefühl!‹

›Jarji, ich bitte dich. Es ist zu dunkel draußen! Ihr Großvater ist doch bei ihnen!‹

Seine Mutter versuchte, sich ihm in den Weg zu stellen, doch Jarji ließ sich nicht umstimmen. Er schwang sich auf seinen Blauschimmel und ritt in die pechschwarze Nacht.

Der Fluss führte viel Wasser mit sich. Wegen des Hochwassers konnte er die Furt nicht finden, also beschloss er, einen Umweg zu nehmen, der über eine Brücke über den Fluss führte.

Es herrschte tiefste Finsternis und so verließ sich Jarji ganz auf sein Pferd. Bei der Brücke angekommen, sträubte es sich jedoch und wollte sie nicht betreten.
Jarji gab dem Pferd die Sporen.
Es bäumte sich auf.
Schnaubte.
Jarji gab ihm die Peitsche.
Es widersetzte sich stur.
Er begriff, dass von der Brücke eine Gefahr ausgehen musste, und so führte er sein Pferd schnurstracks in den angeschwollenen Fluss.
Angst war Jarji fremd.
Er spornte sein Pferd an.
Unter großen Anstrengungen schwamm das Pferd ans andere Ufer.
Dort angekommen – das Pferd hatte gerade wieder Boden unter den Füßen –, wurden sie bereits von einem Wolf erwartet. Trotz der Dunkelheit sah er die funkelnden Augen des Tieres aufblitzen. Der Wolf riss sein Maul auf, fletschte die Zähne und trieb das Pferd zurück in den Fluss. Jarji zögerte auch jetzt nicht, er zog seinen Dolch und zielte auf die leuchtenden Augen. Der Wolf heulte grauenerregend auf, der strömende Fluss riss ihn mit und das Geheul ging in den Fluten unter. Jarji schwamm mit seinem Pferd wieder ans Ufer und setzte seinen Weg fort.
Seit jenem Vorfall war ein ganzes Jahr vergangen. Man hatte die Schafe auf die Winterweiden gebracht. Jarji saß mit den anderen Hirten am Lagerfeuer. Sie waren

müde von den langen Winternächten und voller Heimweh, so erzählten sie sich alte Geschichten.
Unter den Hirten war auch ein einäugiger Tatare mit Augenklappe, erst im Herbst hatte man ihn zur Unterstützung angeheuert.
›Erzähl doch mal von jener Nacht, als du auf dem Weg zu deinen Neffen warst und am Fluss einen Wolf antrafst!‹, richtete er sich an Jarji.
›Woher weißt du denn von jener Nacht?‹, wunderte sich Jarji.
›Siehst du das Auge hier?‹, er hob die Augenklappe hoch.
›Und?‹
›Das habe ich von dir. In jener Nacht hast du mir das Auge ausgestochen. Ich war dieser Wolf. Die Doraier hatten mich geschickt, ich sollte dich in jener Nacht im Fluss ertränken. Stattdessen habe ich mein Auge verloren. Danach hat man mich verstoßen, ich musste das Tal verlassen und verlor die Fähigkeit, meine Gestalt zu wandeln.‹
›Das hast du doch jetzt nur erfunden!‹, Jarji schenkte dem Gerede des Tataren keine Bedeutung. Der Tatar jedoch kicherte nur spöttisch. Ich glaube, Jarji hat nie geheiratet.«
»Nein, er war nicht verheiratet«, bestätigte ihm Luka.
»Nur seine Mutter lebte bei ihm.«
»Und seine Neffen. Nachdem der Großvater gestorben war, hat er sie zu sich genommen.«
»In eurem Dorf gab es ein Mädchen, in das Jarji verliebt

war. Sie war eine Nachbarin der Neffen. Er ging das Mädchen regelmäßig nachts besuchen, auch noch, nachdem er seine Neffen zu sich geholt hatte. Auf dem Weg zu ihr musste er die Schlucht passieren, in die man die Wolfsfrau geworfen hatte. Seine Mutter wusste von der heimlichen Leidenschaft ihres Sohnes. In einer dieser Nächte, als Jarji sich wieder auf den Weg machen wollte, übermannte sie die Sorge um ihren Sohn und sie versuchte, ihn davon abzubringen.

›Sorge dich nicht, Mutter. Das müssen nur diejenigen, die ängstliche Söhne haben‹, beruhigte Jarji sie und sprang auf sein Pferd.

Das dunkle Tal wurde vom Schein des Vollmondes erhellt. Jarji summte freudig vor sich hin.

Sein Herz war in Liebe entbrannt und in der Erwartung, seine Geliebte wiederzusehen, raste es wie wild.

Jarjis Blut war ruhelos und sang, rauschend strömte es durch seine Adern.

Jarjis blauer Schimmel eilte wie der Wind.

Jarji war der Spross einer unbeugsamen Linie.

Jarji kannte keine Furcht.

Jarji war den Doraiern ein Dorn im Auge.

Jarji wusste das nicht.

Die Doraier hatten beschlossen, ihn auf ihre Seite zu ziehen, komme, was wolle.

Die Doraier konnten die Furchtlosen und Unbeugsamen nicht ausstehen.

Jarji kannte keine Angst ...

Und ...

Plötzlich sah er aus dem Augenwinkel in der Schlucht ein Feuer auflodern.
Das Feuer war von eigenartiger Farbe.
Die Bedenken seiner Mutter fielen ihm wieder ein, doch Jarji war furchtlos.
Der Mond schien hell.
Vom Hang her lief ihm ein Mädchen entgegen.
Jarji brachte sein Pferd zum Stehen.
Er war überwältigt von der Schönheit dieses Mädchens.
Das Mädchen trug ein Brautkleid, der klirrende Schmuck um ihren Hals durchbrach die Stille der Nacht.
Wahrscheinlich versucht sie, sich einer ungewollten Heirat zu entziehen, dachte er sich.
Als sie näher kam und er ihr Gesicht sah, war er sich sicher, noch nie solch schöne Augen gesehen zu haben.
›Nimm mich mit‹, sagte sie atemlos. ›Du nimmst mich doch mit, oder?‹, flehte sie ihn an.
›Natürlich nehme ich dich mit‹, Jarji stieg ab und wollte der Braut aufs Pferd helfen.
Doch das Pferd bäumte sich auf.
Es war kaum zu halten.
Es schnaubte wild.
Jarji wunderte sich über das Verhalten seines Pferdes.
›Hoooooooh!‹, versuchte er, es zu beruhigen und den Fuß der Braut in die Steigbügel zu bekommen.
Als ihr Brautkleid sich ein wenig hob, bemerkte er, dass sie statt Füßen Pfoten hatte.
Er ließ sich nichts anmerken.

Er hatte die Situation durchschaut.
Doch er kannte keine Furcht.
Als er die Braut aufs Pferd gehoben hatte, stieg auch er in den Sattel, und sie ritten durchs Tal.
Eine Hand hatte er um ihren Körper geschlungen, während er mit der anderen die Zügel festhielt.
Der liebliche Duft ihrer Haare war berauschend und die Wärme, die von ihr ausging, jagte ihm wohlige Schauer über den Rücken.
Die Ohrringe der Braut klirrten rhythmisch.
Sie schien ihrem Begleiter zugetan zu sein.
›Wie schade um dich‹, flüsterte sie ihm zu.
›Warum schade?‹, fragte er.
›Weißt du, wer ich bin?‹
›Ich weiß‹, antwortete er ihr ruhig.
›Wenn du es weißt, warum tötest du mich dann nicht?‹
›Weil ich mich vor dir nicht fürchte‹, entgegnete er.
›Du gefällst mir. Vielleicht verliebe ich mich sogar in dich. Aber du hast keine Wahl. Du musst mit mir kommen, ins Tal der Doraier.‹
›Was erwartet mich dort?‹, fragte Jarji.
›Dort wird eine große Menge auf dich warten. Sprich mit niemandem. Wer auch immer dich anspricht, sag kein Wort. Nimm kein Fleisch, wenn sie es dir reichen. Nimm es nur, wenn ich es dir reiche. Und wirf die Knochen dorthin, wo auch die anderen sie hinwerfen‹, belehrte sie ihn.
Der liebliche Duft ihrer Haare hatte ihn völlig in den Bann gezogen.

Die Gefahr reizte ihn.
In jener Nacht fand eine große Versammlung im Tal der Doraier statt.
Wir hatten einen neuen Anführer und feierten ausgiebig.
Musik erfüllte das Tal.
Wilde Tänze ließen die Erde beben.
Jarji wurde dem Anführer vorgeführt.
Die Gastgeber beäugten die Braut misstrauisch.
Jarji sagte kein Wort.
Sie wiesen ihm einen Ehrenplatz zu.
Er setzte sich hin, sein Gesicht zeigte keine Regung.
Als handele es sich um eine gewöhnliche Feier.
›Lasst das Festmahl beginnen!‹, befahl der Anführer.
Wir Wölfe saßen an unserem eigenen Tisch.
Ein Rind wurde gebracht.
Es war weiß wie Schnee.
Es hatte ein Flämmchen auf der Stirn.
Jarji glaubte, eines seiner Tiere erkannt zu haben, doch er ließ sich nichts anmerken.
Sie warfen es zu Boden und schlachteten es.
Häuteten es.
Zerhackten es.
Kochten es.
Sie füllten die großen Schüsseln mit den gekochten Fleischstücken und ließen sie von den vielen Bräuten herumreichen.
Auch Jarji wurde das Fleisch angeboten.
Seine Braut blickte zu ihm und signalisierte ihm, nichts von den anderen Bräuten zu nehmen.

Erst als sie selbst Fleisch vorbeibrachte, nahm er sich ein Stück.
Er aß es.
Die Knochen wurden alle an einem Platz gesammelt. Jarji jedoch versteckte seinen Knochen unter seinem Platz.
Das Gelage neigte sich dem Ende zu. Die Gäste redeten mit Jarji, doch er schwieg.
Der Knochenhaufen türmte sich hoch auf. Ein Knochen jedoch fehlte. Man suchte danach. Doch man fand ihn nicht. Jarji rührte sich nicht vom Fleck. Statt des fehlenden Knochens nahm man einen Schieferstein und legte ihn zu dem Knochenhaufen. Dann schlug man mit einem Stock auf den Haufen, und keine Sekunde später war aus dem Knochenhaufen wieder ein weißes Rind geworden.
›Bringt es zurück und bindet es an, wo es war!‹, befahl der Doraier.
›Den Mann kannst du auch wieder mitnehmen. Das Fest ist vorbei‹, befahl er der Braut, die Jarji mitgebracht hatte.
Die Braut verabschiedete sich von Jarji. Sie warnte ihn:
›Erzähl niemandem auch nur ein Sterbenswörtchen von dem, was du hier gesehen hast. Du wirst sonst noch am gleichen Tag den Tod finden.‹
Dann drehte sie sich um und ging, ihre Ohrringe klirrten im Takt ihrer Schritte, bis sie verschwunden war.
In jener Nacht ritt Jarji nicht mehr zu seiner Geliebten, denn es fing schon an zu dämmern. Also machte er sich auf den Weg nach Hause.

Kaum war er zu Hause angekommen, lief er in den Stall. Das weiße Rind stand am Futtertrog und kaute seelenruhig vor sich hin.
Jeden Tag schaute er nun nach dem Rind und stellte sich noch immer die Frage, ob es in jener Nacht wirklich sein Tier gewesen war, das geschlachtet worden und so wundersam wiederauferstanden war.
Seit jener Nacht hatte sich sein Herz mit Kummer gefüllt. Seit jener Nacht war sein Herz in Liebe zu der geheimnisvollen Braut entbrannt. Er spürte noch immer die Wärme ihres Körpers, der Duft ihrer Haare haftete noch immer an ihm.
Jarji kam nicht mehr zur Ruhe.
Zu seiner Geliebten kehrte er nie wieder zurück. Von nun an hatte er, ob Tag oder Nacht, nur noch jene Braut vor Augen. Er ritt immer wieder zu der Stelle, an der er sie zum ersten Mal gesehen hatte, wo sie im Mondschein mit klirrendem Schmuck atemlos auf ihn zugelaufen war.
Aber er sah die Braut nie wieder.
Jarji grämte sich.
Er grämte sich vor Liebe.
Er konnte seinen Kummer niemandem anvertrauen.
Der Kummer machte ihn bettlägerig.
Anfangs dachten die Leute, er trauere um seine Geliebte, die ein anderer inzwischen zur Frau genommen hatte. Sie wunderten sich aber auch, wieso Jarji nicht auf sein Pferd sprang, um sich für die geraubte Geliebte zu rächen.

Er lag.
Er verging.
›Jarji, mein Kind. Gräm dich nicht. Es gibt noch viele andere Frauen auf dieser Welt. Was richtest du dich denn wegen der einen zugrunde?‹, versuchte seine Mutter ihn zu trösten.
›Nein, Mutter. Es gibt keine andere. Die, die ich liebe, gibt es kein zweites Mal auf dieser Welt‹, sagte er kummervoll und seufzte tief.
›Aber sie war doch schon so gut wie dein. Wieso hast du denn zugelassen, dass man sie dir nahm?‹, fragte seine Mutter, die nichts von der schönen Braut wusste.
Jarji schaute sie an, wie sie mit vor Sorge fahlem Gesicht und gebeugtem Rücken dastand, und empfand Mitleid für sie, da sie den Grund seines Leidens nie würde verstehen können. Jarji hätte ihr gerne alles erzählt. Er hätte sich diese Nacht gerne vom Herzen geredet. Doch immer fiel ihm die Warnung der Braut ein, er würde noch am gleichen Tag sterben, sollte er sein Stillschweigen nicht bewahren.
Jarji wollte leben.
Er schwieg einen weiteren Tag.
Am nächsten Tag sah er das Rind durch das Fenster.
Wieder kreisten seine Gedanken um diese eine Frage.
Wieder erfüllte der süße Duft ihrer Haare die Luft. Wieder übermannte ihn der Wunsch, seiner Mutter alles zu erzählen.
Wieder hielt er sich zurück.
Er verging vor Sehnsucht.

Schließlich brach er sein Schweigen.
›Mutter‹, rief er nach ihr und richtete sich im Bett auf.
Er erzählte.
Er erzählte ihr alles, was ihm widerfahren war.
Seine Mutter erbleichte.
Auch Jarji erbleichte.
Die Sonne neigte sich.
Jarji legte sich hin.
Das Rauschen in seinen Adern versiegte.
An dem Tag gab uns der Doraier den Befehl, das weiße Rind zu reißen.
Es entwischte uns jedoch.
Brüllend lief es hinunter ins Dorf.
Doch dort erging es ihm nicht besser.
Es wurde zu Jarjis Beerdigung geschlachtet.«
»Ich kann mich daran erinnern«, sagte Luka. »Als sie es schlachteten, entdeckte man, dass es anstelle eines Schulterblattes einen flachen Schieferstein hatte.«
»Ja, genauso war es«, stimmte ihm Tevdore zu. »Wie erging es denn den beiden Waisenjungen?«
»Die Jungen blieben von da an bei der alten Großmutter, die sich um sie kümmerte.«
»Was ist aus ihnen geworden?«
»Ich weiß es nicht ... vielleicht ...«, Luka sprach es nicht aus.
Tevdore verstand, worauf er hinauswollte und wandte ein: »Nein, solche wie die beschreiten nicht den Pfad der Wölfe.«
Luka wiederum fragte sich, wieso Tevdore dann diesen

Weg gewählt hatte. Immerhin schien es ihm, als würde er seine Taten bereuen. Vielleicht war er ja deswegen so gesprächig – um seine Sünden zu beichten. Oder er wollte Luka nur auf das vorbereiten, was ihm noch bevorstand, sollte er diesen Weg gehen?
Gab es denn keinen Gott mehr?
Und wenn doch, wieso ließ er das Böse auf dieser Welt zu?
Oder war das Böse schon immer auf dieser Welt?
Wahrscheinlich ernährte es sich über Jahrhunderte von den Sünden der Menschen und wurde so zu einem unauslöschlichen Teil des Lebens. Luka war sich sicher, dass er sich nichts hatte zuschulden kommen lassen. Doch was war mit seinen Vorfahren – trug er vielleicht die Last ihrer Sünden? Hatte Gott sich deswegen aus seiner Schöpfung zurückgezogen und sie ihrem Schicksal und den Wölfen überlassen?
Die Wölfe haben dich eingekreist!
Wenn dein Glaube stark genug ist, dann geh hin und versuche, den Kreis zu durchbrechen! Wenn nicht, so füge dich deinem Schicksal und werde zum Wolf. Stelle dich in ihre Reihen und lauere einer anderen armen Seele auf. Was ist schon dabei, dass du nun ein Wolf bist? Schau dich um, du bist nur einer von vielen. Die Welt ist voller Wölfe, die Welt gehört den Wölfen. Der, der den Menschen schuf, ist nirgends zu sehen. Er hat sich abgewendet, genauso wie die Menschen sich von ihm abgewendet haben.
Gott hat seiner Schöpfung entsagt ...

Und die Wölfe haben ihren Kreis geschlossen.
Wenn dein Glaube stark ist, geh hin und durchbrich den Kreis!
Und Tevdore?
Hat er es wirklich geschafft, diesen Kreis zu durchbrechen? Hat er es geschafft, sich von seinen Sünden zu befreien?
»Du siehst müde aus. Ruh dich aus. Ich gehe und gebe den Kühen Wasser«, sagte Tevdore, stand auf und ging hinaus.
Luka ging zum Fenster.
Der Schnee hatte aufgehört zu fallen.
Auf einem kleinen Pfad führte Tevdore zwei Kühe und ein Kalb zum Bach.
Die Kühe stapften schwerfällig durch den Schnee. Ruhigen Schrittes folgte ihnen Tevdore, sein Hund schwänzelte freudig hinterher. Das Kalb lief aufgeregt um seine Mutter herum und wälzte sich immer wieder im Neuschnee.
Luka verspürte eine heimische Wärme.
Der Himmel war klar, die Sonne ging hinter den schneebedeckten Hängen unter.
Bliebe der morgige Tag schneefrei, könnte er seinen Weg fortsetzen.
Bei diesem Gedanken klarte seine Stimmung auf wie der Abendhimmel.
Luka wollte sich wieder an den Kamin setzen, als sein Blick auf Tevdores Zimmer fiel. Irgendetwas drängte ihn, die Tür zu öffnen und einen Blick hineinzuwerfen.

Er giff nach der Türklinke.
Doch er traute sich nicht.
Geh da nicht rein!, rief ihm seine innere Stimme zu.
Und wenn er es doch wagte?
Geh da nicht rein!, warnte erneut die innere Stimme.
Er trat zurück.
Wieder wurde er trübselig.
Wieder hing er seinen Gedanken nach.
Woher kam diese Stimme? Was könnte sich in dem Zimmer verbergen?
Zweifel quälten ihn.
Sollte er doch kommen und es vollbringen, es sollte endlich ein Ende haben.
Die Ungewissheit trieb ihn in den Wahnsinn.
Die Nacht näherte sich abermals.
Zweifel und Ängste nahmen überhand. Tagsüber konnte er ihnen trotzen, doch nachts ...
Könnte er dem Tod trotzen?
Dem Tod?
Was war schon der Tod? Für einige nur ein Augenblick, für andere ein ganzes Leben.
Manchen war der Tod bereits seit ihrer Geburt auf den Fersen und die Angst vor ihm quälte sie so lange, bis sich ihre Seele vom Körper trennte.
Luka lief ein kalter Schauer über den Rücken.
Der Tod kam stets in Begleitung der Angst.
Wie ein hungriger Wolf stürzte sich der Tod auf einen.
Vielleicht hatte er ja deswegen Angst? Weil er den herannahenden Tod spürte? Zu gerne würde er ihm ent-

fliehen. Doch wo sollte er hin, wenn der Tod überall dort lauerte, wo das Schicksal war?
Der Tod ähnelt einem Wolf.
Einem alten Wolf, dessen Herz nichts und niemand zu erweichen vermag. Über die Zeit hinweg hat sich sein Schlund scharlachrot gefärbt.
Der alte Wolf kennt keine Gnade.
Luka wird ihm nicht entfliehen können. Auch wenn er sich seines Todes gewiss ist, so würde er dennoch versuchen, ihm zu entkommen. Doch ist es nicht so, dass die Menschen von dort fliehen, wo sie den Tod vermuten, nur um dorthin zu eilen, wo er tatsächlich auf sie wartet?
Sollte er bleiben?
Sollte er fliehen?
War der Moment schon gekommen?
Oder blieb ihm noch Zeit?
Wenn ihn der Tod heute nicht holte, dann würden die Doraier ihn zu einem der ihren machen.
Wo bist du, Gott?
Und falls du nicht bist?, dachte Luka, oder nie warst, wer hat dann Leben und Tod erschaffen?
Das Leben kennen wir, jedenfalls das, was wir Leben nennen, oder das, was wir glauben zu kennen.
Und der Tod?
Ist er denn das Ende aller Dinge?
Doch woher kamen diese unbeantwortbaren Fragen?
Als ob sich der Schöpfer ihm offenbaren würde.
Dass der Tod gewiss war und dass jeder ihn bereits in sich trug, das wusste Luka sehr wohl, nur was davor

kam, war ungewiss. Alles, was davor kam, war furchteinflößend.

Der Tod lauert uns auf wie ein Wolf, dachte Luka, man kann nie wissen, von wo er sich auf uns stürzt oder wann. Manchmal steckt er sogar in den Worten.

Dann springt er aus dem Mund der Menschen – er versteckt sich in der Lüge, in der Verschmähung oder dem Fluch.

Als Luka dies dachte, fiel ihm Gagi ein.

Gagi war hochgewachsen.

Schlank und stark.

Gagi war mutig.

Gagi war stets freundlich und wurde von allen geliebt.

Gagi selbst liebte nur eine.

Sie hieß Martha.

Gagi würde sie zur Frau nehmen.

Die Hochzeit folgte der Tradition, das Bier floss in Strömen. Jeder freute sich über Gagis Glück.

Die Zeit verging. Er würde bald Vater werden.

Sein Dorf stand auf heiliger Erde und den Gebräuchen gemäß verließ Martha das Dorf für die Niederkunft. Dieser Brauch hatte Jahrhunderte überdauert, und Martha fügte sich gehorsam. Die Hütte, die den Frauen zur Niederkunft diente, war alles andere als schön. Dort war es kalt und einsam, in der Nähe konnte man die Wölfe heulen hören. Manchmal war nicht einmal die Hebamme da, so dass die Schwangere allein blieb.

Die Männer mieden diesen Ort.

Nach der Geburt mussten die Frauen weitere vierzig

Tage dort verweilen, bevor sie ins Dorf zurückkehren durften. In den ersten drei Tagen wurde das Essen noch vor der Hütte abgestellt, danach kamen die Frauen des Dorfes sie besuchen und brachten der frischgebackenen Mutter das Essen persönlich vorbei. Die Männer durften sich der Hütte nicht nähern.

Unbarmherzig wie die schneebedeckten Berge sind die Sitten, die ihre Vorfahren den Frauen auferlegt haben.

Zwei Wochen waren vergangen, seit Martha ihren Jungen geboren hatte. Bei ihr war noch eine weitere junge Mutter, Anna, die ebenfalls einen Sohn geboren hatte. Gagi konnte es kaum erwarten, seine Frau und das Kind endlich an sich drücken zu können. Wenn er die Augen schloss, sah er Martha vor sich, wie sie ihren Sohn auf der Brust trug. Gagis Geduld ging langsam zu Ende, er musste sie sehen, wenn auch nur aus der Ferne. Doch solch ein Verhalten galt als unehrenhaft für einen Mann. Auch das hatten die Vorfahren festgelegt, und niemand wagte es, ihr Gesetz zu brechen.

Mehrere Wochen lagen noch vor ihm.

Und so zählte er die Stunden.

Eines Tages, als er von den Sommerweiden zurückkehrte, hielt er es nicht mehr aus und lief querfeldein zur Hütte.

»Martha!«, rief er vorsichtig.

Niemand antwortete ihm.

»Martha!«, rief er wieder.

Die Tür ging auf und Anna trat aus der Hütte.

Für einen Moment erstarrten beide.

Gagi schämte sich, dass er ertappt wurde.
Anna war heimlich in Gagi verliebt. Sie liebte ihn leidenschaftlich, durfte es jedoch nicht zeigen. Gagi hatte es nie bemerkt. Er hatte nur Augen für Martha und war blind für alle anderen Frauen. Als Gagi Martha zur Frau nahm, schwor Anna, sich für ihre verschmähte Liebe zu rächen. Hätte Martha das geahnt, wie hätte sie auch nur ein Auge zumachen können neben solch einer Nebenbuhlerin? Oder wie hätte sie ihr ihr Kind anvertrauen können, während sie unten beim Fluss ihre Kleider wusch? Doch Anna war selbst Mutter und hätte dem Kleinen nie etwas zuleide getan. In solchen Momenten streichelte sie zärtlich Gagis Kind, so fühlte sie sich ihm näher.
Jetzt aber, da sie Gagi vor sich sah, loderte die alte Liebe wieder auf und sie fühlte sich jeglicher Kraft beraubt.
»Kann ich mit Martha sprechen?«, fragte er beschämt.
»Martha ist nicht da.«
»Wo ist sie denn?«, wunderte sich Gagi.
»Unten am Fluss.«
Enttäuscht ging Gagi davon.
Als Martha endlich ins Dorf zurückkehrte und Gagi seinen Sohn zum ersten Mal in den Arm nahm, wurde seine Liebe zu ihr nur noch stärker.
Doch ... eines Tages:
Ein Gerücht verbreitete sich in Windeseile im Dorf.
Anna hatte behauptet, Gagi hätte an jenem Tag in der Hütte versucht, über sie herzufallen.
Ein Aufschrei ging durch das Dorf.

Alle waren über diese Nachricht erschüttert.
Alle redeten darüber.
So etwas hatte es noch nie gegeben. Nie hatte sich ein Mann der Hütte genähert. Dass der jungen Mutter auch noch Gewalt angetan wurde, war ungeheuerlich.
Eine unbändige Wut auf Gagi befiel die Dorfbewohner.
Sie versammelten sich und ...
Sie fällten ein hartes Urteil, das es so schon seit einer Ewigkeit nicht mehr gegeben hatte: die Verbannung.
Nicht einmal die Ältesten konnten sich erinnern, wann sie das letzte Mal jemanden aus dem Dorf verbannt hatten.
»Verlass mein Haus und komm nie wieder! Ich werde den Jungen alleine großziehen. Solch einen Vater braucht er nicht«, rief Martha ihm noch auf der Türschwelle hinterher.
»Hör mir zu, Martha!«
»Soll dich doch der Tod holen!«, verfluchte Martha ihn.
In diesem Moment ahnte sie noch nicht, dass der Tod ihn wirklich holen würde.
Auch Anna konnte nicht ahnen, dass ihrer Lüge der Tod folgen würde.
Gagi verließ seine Heimat wortlos.
Einen Monat lang wanderte er durch Täler und Schluchten.
Die Sehnsucht nach Martha zehrte an ihm.
Er vermisste seinen Sohn.
Von Zeit zu Zeit blickte er aus der Ferne auf sein Dorf hinab und versank in Trübsinn.

Wenn ihm jemand zufällig begegnete, drehten sie ihm augenblicklich den Rücken zu.
Eines Tages traf er auf Anna.
Er stellte sich ihr in den Weg.
Sie erschrak bei seinem Anblick.
»Tu mir nichts, Gagi! Denk an mein Kind, es soll nicht ohne seine Mutter aufwachsen«, flehte sie ihn an.
Gagi dachte gar nicht daran, sie zu töten, stattdessen sagte er ruhig: »Ich werde dir nichts tun, so wie ich dir auch damals nichts getan habe. Wie sollte ich auch, ich bin schon längst tot. Mit deinen Worten hast du mir das Leben genommen. Ich bringe nur zu Ende, was du begonnen hast.«
Er griff nach seiner Waffe, legte sie an seine Schläfe und drückte den Abzug.
Anna klammerte sich noch lange an seinen leblosen Körper. Sie flehte ihn an, die Augen zu öffnen, und bat ihn bitterlich weinend um Vergebung.
Danach war auch ihre Zeit auf Erden gezählt.
Sie wurde krank und bettlägerig.
Mit jedem Tag wurde sie weniger, bis auch ihre Seele sich aufmachte, um dorthin zu gelangen, wo ihr geliebter Gagi war. Der Tod braucht nicht viel, ihm reichen einige wenige Worte. Waren sie erst ausgesprochen, legte sich der alte Wolf auf die Lauer und wartete, bis seine Zeit gekommen war.
Luka sann eine Weile über den Tod nach. Dann fiel ihm ein, was sein Großvater ihm einst gesagt hatte:
»Hör zu, mein Junge. Du bist noch klein, aber vielleicht

wird die Zeit kommen, dass du einen kleinen Bruder haben wirst. Merke dir eins: Egal, was auch passieren sollte, tu ihm kein Unrecht.«
»Unrecht?«
»Kränke ihn nicht.«
»Ich werde ihn nicht kränken.«
»Streite dich nicht mit ihm.«
»Ich werde mich nicht mit ihm streiten. Doch was, wenn er mir Unrecht tut?«
»Dann vergelte es ihm nicht.«
»Und was ist mit den anderen?«
»Tu auch keinem anderen Unrecht an.«
»Weder meinem Bruder noch jemand anderem?«
»Genau, mein Kind, niemandem.«
»Was, wenn sie mir meinen Bruder nehmen? Soll ich es dann nicht vergelten?«
Der Großvater stutzte, er hatte solch eine Frage nicht erwartet. Er drehte Tabak in einen Fetzen Zeitungspapier, zündete es an und nahm einen tiefen Zug.
»Großvater, was ist eigentlich der Tod?«, fragte Luka wieder unerwartet.
»Das weiß ich nicht, mein Kind. Nur Gott allein weiß es.«
»Und wo ist Gott?«
»Gott ist oben im Himmel und wacht über uns.«
»Warum tut er das?«
»Damit wir einander kein Unrecht tun.«
»Und wenn wir Unrecht tun?«
»Dann wird er uns zürnen.«

»Wieso wird er uns zürnen?«
»Weil wir streiten.«
»Und uns töten?«
»Genau.«
»Wer hat den Tod erdacht, Großvater?«
»Kain, mein Kind.«
»Wer ist Kain?«
Der Alte dachte eine Weile nach, lange schwieg er und rauchte dabei seine selbstgedrehte Zigarette.
»Großvater, wer ist Kain?«, bohrte Luka nach.
»Kain, mein Kind, war der Sohn des ersten Menschen, den der Herr erschaffen hat. Wie auch ich war er dein Großvater, nur vor einer sehr langen Zeit.«
»Mein Urururururururgroßvater?«
»Ja, aber noch viel früher.«
»Also mein Ururururururururgroßvater?«
»Genau.«
»Wie hat Kain den Tod geschaffen?«
»Kain hatte einen Bruder, er hieß Abel.«
»Und wessen Urgroßvater war Abel?«
»Niemandes. Wir sind alle Kinder des Kain.«
»Bist du auch ein Kind Kains?«
»Ja.«
Der alte Mann dachte wieder nach, atmete den Rauch aus und sagte: »Luka, hör mir gut zu, ich werde dir jetzt eine Geschichte erzählen.«
Luka machte es sich auf seinem Schoß gemütlich und schaute ihn gespannt an.
»Es waren einmal zwei Brüder. Sie hießen Kain und

Abel. Außer ihren Eltern hatten sie niemanden. Und auch ihre Eltern hatten niemanden außer ihren beiden Söhnen. Auf der ganzen Welt gab es niemanden außer ihnen. Abel war Schafhirte, während Kain Ackerbauer war. Seine Felder waren fruchtbar und die Ähren auf ihnen wiegten sich wie Wellen im Wind. Die Herde von Abel war zahlreich an Tieren und sie vermehrten sich stetig. Kain und Abel waren Gott dankbar für seine Güte und opferten ihm beide gleichermaßen. Gott aber zog Abels Opfer vor, Kain fühlte sich gekränkt und wandte sich fragend zu Gott. Was hatte ihm an seinem Opfer missfallen?

›Abels Opfer war aufrichtiger‹, antwortete ihm Gott.

Kain ging zurück, er verspürte den unbändigen Drang, sich an seinem Bruder für diese Kränkung zu rächen. Er wusste nur noch nicht, wie. Er fürchtete sich vor seinen Eltern und schlug seinem Bruder deshalb vor, auf die Felder zu gehen. Gutmütig, wie er war, folgte ihm Abel. Wozu hätte er sich denn auch Sorgen machen sollen. Keiner von ihnen kannte den Tod. Wie hätten sie denn auch, sie waren die ersten Menschen.

Als sie an eine Stelle kamen, wo Steine lagen, griff Kain voller Jähzorn danach und erschlug seinen Bruder. Abel fiel sofort zu Boden. Kain begriff noch nicht, was mit seinem Bruder geschehen war. Er wollte ihn wieder aufrichten. Doch was er auch versuchte, er konnte ihn nicht wiederbeleben. Er versuchte alles, was ihm in den Sinn kam, mal flehte er, mal schrie er ihn an. Er hatte gesehen, wie die Schafe geopfert wurden, doch war ihm nicht bewusst, dass auch sie selbst sterblich waren. Abel kam nicht mehr zu sich, er war tot. Als Kain sich der Vergeblichkeit seiner Bemühungen gewahr wurde, packte ihn die Angst vor Gott, und so beschloss er, den Leichnam zu verstecken. Unter dem lauten Krächzen einer Krähe, das bis zum Himmel reichte, vergrub Kain seinen Bruder auf dem Feld. So hat Kain den Tod erschaffen«, schloss der Großvater und warf den Zigarettenstummel von sich.

Damals war Luka die Geschichte wie ein Märchen vorgekommen, deswegen hatte er nie ernsthaft darüber nachgedacht. Dennoch hatte sie großen Eindruck auf ihn gemacht, und er fing an, den Tod zu fürchten. Jedes Mal, wenn jemand im Dorf starb, übermannte eine tiefe Trauer sein kleines Herz und schnürte ihm den Hals zu. Mit den Jahren merkte er, dass immer, wenn die Krähen zu krächzen anfingen, es im Dorf Tote zu beklagen gab. Sie krächzten auch, wenn der jährliche Lebenszyklus sich dem Ende zuneigte und der Winter anbrach.

Die Krähen waren die Vorboten des Todes. Doch woher kam ihre Vorahnung?

Tief in seinen Gedanken versunken, glaubte Luka, selbst ein lautes Krächzen zu hören.

Er schreckte hoch.

Lief hinaus.

Doch es war nur Tevdore, der ihn vom Stall her zu sich rief.

»Luka! Luka! Luka!«

Luka glaubte immer noch, Krähen zu hören:

»Krah! Krah! Krah!«
»Komm her, Luka. Hilf mir!«, rief Tevdore.
Luka eilte in den Stall.
Tevdore kniete neben einer Kuh, die im Heu lag.
»Was hat sie?«
»Sie kalbt. Halt sie fest, ich werde ihr helfen müssen«, sagte Tevdore und zog seinen Mantel aus.
Die Kuh hatte große schwarze Augen. Eine andere stand daneben und muhte vor sich hin. Das kleine Kalb tollte noch immer draußen im Schnee herum.
Tevdore half der Kuh beim Kalben.
Luka hielt sie fest.
Dann war es auch schon vorbei.
Ihr Kalb war weiß wie Schnee.
»Wie weiß es ist«, staunte Luka.
»Schau es dir an, das wird mal ein stattlicher Stier werden«, sagte Tevdore stolz, und damit sich das Kalb nicht erkältete, breitete er seinen Mantel auf dem Boden aus und legte das Kalb darauf.
Die Kuh fing an, ihr zitterndes Kalb sauber zu lecken.
Tevdore strahlte über das ganze Gesicht, während er seine Hände wusch.
Doch dann wurden seine Augen von Trübsinn überschattet: »Ja, es wird mal ein stattlicher Stier ... falls der rote Wolf es nicht reißt.«
Noch vor einer Minute hatten sie die Geburt gefeiert, Tevdores Augen hatten vor Freude geglänzt und auch die Blume an seinem Hemd schien heller zu strahlen als sonst. So hatte Luka für einen Augenblick vergessen,

dass Tevdore einst ein leidvolles Dasein gefristet hatte. Es schien ihm fast, als wären für einen kurzen Moment alle Sünden von Tevdore abgefallen. Er hatte gestrahlt. Doch nun stand er da, voller Trauer, während das Funkeln in seinen Augen langsam erlosch.

»Was hast du, Onkelchen? Geht es dir nicht gut?«, fragte Luka.

»Nein, Luka. Meine Sünden haben mich eingeholt. Und es sind nicht nur die Sünden, die ich als Wolf begangen habe, die so schwer wiegen. Viel mehr noch plagen mich die Sünden, die ich davor begangen habe.«

»Aber zur Jagd gehört das Töten nun mal dazu«, versuchte Luka ihn aufzumuntern.

»Wenn es nur das wäre, dann wäre ich vom Schicksal nicht so gebeutelt. Irgendwann war das Töten für mich so alltäglich geworden, dass ich, als ich nichts mehr zu jagen hatte, ein kleines Kalb schlachtete und es in der Milch seiner eigenen Mutter kochte. Ich aß es. Doch verflucht sei jene Nacht. Kaum hatte ich meine Augen geschlossen, erschien mir mein Vater im Traum. Wehmütig, fast schon enttäuscht schaute er mich an. Ich bin schweißgebadet aufgewacht, den Rest der Nacht habe ich mich gequält. Am nächsten Morgen ging ich wieder auf die Jagd und dann ereilte mich auch schon das Unglück.«

Inzwischen hatte die Kuh ihr Kalb sauber geleckt.

Nun glänzte sein Fell noch weißer.

Tevdore rieb es zusätzlich mit seinem Mantel ab, die Kuh muhte.

Vielleicht spürte sie ja, dass ein Wolf ihr Kalb in den Armen hält, ging es Luka durch den Kopf.
Doch sogleich schämte er sich für diesen Gedanken.
Tevdore hielt das Kalb zärtlich in seinen Armen und bot damit einen ungemein harmonischen Anblick – es wäre eine Sünde gewesen, Schlechtes von ihm zu denken.
Die Augen, die voller Freude leuchteten.
Die Behutsamkeit, mit der er das Kalb in seinen Mantel gewickelt hatte.
Doch ...
Es dämmerte bereits ...
Nein, nein. Ich darf so nicht denken.
Tevdore legte das Kalb in seine Box auf einen Heuhaufen.
»Es soll sich erst mal aufwärmen. Dann lasse ich es bei der Mutter trinken«, sagte er zu Luka und band die Kuh an.
Dann brachte er noch mehr Heu herein und streute es in der Box aus.
Der Hund war vor dem Stall sitzen geblieben und schaute neugierig, doch er traute sich nicht herein.
»Jetzt muss es bestimmt hungrig sein.« Tevdore führte das Kalb zu seiner Mutter. Es dauerte nicht lange, bis es das Euter seiner Mutter gefunden hatte.
Tevdore nahm seine Mütze ab, wischte sich den Schweiß von der Stirn, setzte sich zufrieden ins Heu und fing an zu erzählen.
»In unserem Rudel gab es einen Wolf namens Patsa. Wie ich jetzt so an ihn denke, muss ich lachen. Doch

eigentlich tut er mir leid. Er hatte etwas Komisches an sich. Patsa hatte eine Mütze, eine Kosakenmütze, um genauer zu sein. Wohin wir auch gingen, trug er sie im Maul mit sich. Wenn wir Rast machten, steckte er seinen Kopf unter die Mütze, setzte sich auf seine Hinterbeine und saß da, wie ein echter Kosake eben. Alle haben sich gefragt, wozu er diese Mütze brauchte, er konnte ja nichts damit anfangen. Genauso wenig wie der Bär, der das Zaumzeug und die Töpfe der Khisaanis gestohlen hatte. Er hätte weder ein Pferd reiten noch sich Essen zubereiten können. Doch er war ein Bär und hatte seine Launen. Sie hatten ihm gefallen und so hatte er sie in seine Höhle gebracht. Und genauso trug Patsa diese Mütze mit sich herum. Ich weiß nichts über seine Herkunft, man gab den anderen solche Dinge nicht preis. Wahrscheinlich war er in seinem früheren Leben genauso wie ich ein Mensch gewesen und hatte eben diese Mütze getragen, auf die er nicht mal als Wolf verzichten wollte. Vielleicht war er aber auch von jeher ein Wolf gewesen und hatte, wie der Bär, Gefallen an der Mütze gefunden. Oder sie war das Einzige, was von einem armen Reisenden übrig geblieben war. Bei den Versammlungen durfte er sie nicht tragen, und immer wenn wir ins Tal der Doraier gingen, versteckte er sie an einer bestimmten Stelle im Wald.

Patsa hatte ein herzensgutes Wesen. Einen Wolf seines Schlages hatte ich noch nie getroffen: Wenn wir jemanden eingekreist hatten, setzte Patsa seine Mütze auf und saß nur da. Schlossen wir den Kreis enger, so tat auch er einen Schritt vorwärts. Doch wenn wir uns auf unsere Beute stürzten, sah er zu, wie wir sie zerfleischten.

›Pass auf Patsa, dass dir die Mütze nicht herunterfällt‹, zogen die anderen Wölfe ihn auf.

Ein paar Male habe ich mitbekommen, wie er Tränen vergoss.

Die meiste Zeit lief er hungrig herum. Er war dünn, ja hager.

Eines Tages, als wir das Tal der Doraier verließen, machte sich Patsa erneut auf den Weg, um seine Mütze aus dem Versteck zu holen. Als er zu dem besagten Ort kam, schreckte ein Vogel hoch.

Patsa blieb stehen, spitzte die Ohren und starrte seine Kopfbedeckung an. Er nahm sie nicht an sich, sondern blickte ein wenig ratlos zu uns herüber.

Ich ging zu ihm.

Jetzt sah ich, dass der Vogel drei rosafarbene Eier in die Mütze gelegt hatte.

Patsa blickte mich fragend an.

Ich erwiderte seinen Blick nicht.

Er drehte sich um und lief zu den anderen Wölfen zurück.

Ich folgte ihm.

Von da an kehrte er bei Gelgenheit zurück zu seiner Mütze und beobachtete heimlich das Nest. Er ließ weder Fuchs noch Marder an die Eier heran.

So ging es weiter, bis der Vogel die Küken ausgebrütet hatte.

Aber auch danach hielt Patsa noch öfters Wache am Nest.
Eines schönen Tages wurden die Küken endlich flügge. Sie flogen weg und er sah sie nie wieder.
Patsa wartete noch eine Weile ab. Dann hielt er es jedoch nicht mehr aus und stülpte sich seine Mütze endlich über. Von da an trug er sie wie zuvor im Maul mit sich herum.
Eines Tages, es war noch unter Jalabas Führung, streiften wir vom Hunger getrieben ziellos umher, bis wir auf einem Bergkamm Rast machten. Wir saßen da und spähten den Hang hinunter, der in eine tiefe Schlucht mündete. Wir hielten Ausschau nach Beute und warteten auf die Befehle des Leitwolfes.
Jalaba lief auf und ab.
Er beäugte uns.
Er schaute jedem Einzelnen von uns tief in die Augen.
Bei Patsa blieb er stehen und sein Fell sträubte sich bedrohlich.
›Zur Hölle mit dieser Mütze!‹, rief Jalaba zornig und riss sie ihm mit einem Hieb seiner Pranke vom Kopf.
Die Mütze rollte den Hang hinunter.
Patsa setzte sofort hinterher.
Durch ihre runde Form rollte die Mütze immer schneller.
Patsa hatte Mühe, ihr zu folgen.
Fast hatte er sie erwischt.
Doch die Mütze rollte unaufhaltsam weiter hinab.
Der Abgrund kam immer näher.

Die Mütze flog über die Klippe und verschwand in den Tiefen der Schlucht.
Patsa konnte sich nicht mehr halten und stürzte hinterher.
Man konnte hören, wie sein Körper auf den Felsen aufprallte und die Schlucht immer weiter hinunterfiel, dann war es still.
Nachdem wir uns vorsichtig dem Abgrund genähert hatten, blickten wir über die Klippe nach unten und sahen, dass sich die Felswand rot gefärbt hatte.
Der Fluss, der durch die Schlucht führte, hatte Patsa mitsamt seiner Mütze verschluckt.«
Draußen war es allmählich dunkel geworden.
Der Hund war nur noch als Silhouette zu erkennen.
»Komm Luka, lass uns etwas essen«, sagte Tevdore.
Sie kehrten ins Haus zurück.
»Luka, du kannst dich ja ums Feuer kümmern. Du bist schon mehr als nur ein Gast«, sagte Tevdore scherzend und ging sich die Hände waschen.
Luka machte Feuer.
Wie immer knisterte es laut auf und erleuchtete das dunkle Zimmer.
Luka trat ein weiteres Mal an die Fotos heran, die an der Wand hingen.
Das kleine Mädchen, das den Reitern die Blumen entgegenstreckte, glich von nahem einem Engel, einem Wesen wie nicht von dieser Welt. Ihre goldenen Locken fielen ihr über die Schultern. Im Kontrast zu ihr hatten die Reiter etwas überaus Irdisches an sich.

Tevdore kam in das Zimmer, er zündete die Öllampe an und ging damit zu Luka.
»Ein schönes Bild«, sagte Luka, aber nur, weil er es nicht aushalten konnte, wenn Tevdore schwieg.
»Der weißbärtige Mann ist mein Vater und die Reiter Männer aus unserem Dorf.«
»Wo reiten sie hin?«
»In den Krieg. Keiner von ihnen ist zurückgekehrt. Außer meinem Bruder. Auf die anderen wartet man noch heute. Doch vom Jenseits führt kein Weg zurück ins Diesseits. Gott allein weiß, wie mein Bruder es geschafft hat, zu überleben. Gesegnet sei die Dreifaltigkeit. Er ist älter als ich und lebt noch heute im Dorf. Er kommt ganz nach meinem Vater. Manchmal denke ich, dass genau das ihm geholfen hat, den Krieg zu überstehen. Er heißt Lego. Als Kind ist er den anderen weinend hinterhergelaufen, wenn diese Jagd auf die Vögelchen gemacht haben. Er flehte sie an, ihnen nichts anzutun. Sein ganzes Leben lang hat er Mitleid empfunden. Er warf mir immer vor, ich würde kein Erbarmen kennen, er versuchte, mich davon abzuhalten, auf die Jagd zu gehen. Nur wenige sind aus dem Krieg zurückgekehrt. Viele von ihnen waren verwundet oder hatten Gliedmaßen verloren. Einige von ihnen, die in Gefangenschaft geraten waren, wurden nach ihrer Rückkehr verbannt. Man warf ihnen vor, dass sie sich zu leicht hatten gefangen nehmen lassen. Meinen Bruder wollten sie auch verbannen, doch er hatte Glück. Seine Güte hat ihm das Leben gerettet.

In der Gegend, wo seine Einheit stationiert war, fand Lego eines Tages ein Schlangennest. Wäre ich an seiner Stelle gewesen, hätte ich das Nest zerstört. Doch Lego nicht, er war anders. Da er das Muttertier nirgends entdecken konnte, nahm er tags darauf ein wenig Milch mit und fütterte die Jungschlangen damit. Mir wäre es nie in den Sinn gekommen, Mitleid mit solchen Wesen zu haben. Er aber fütterte sie auch am nächsten Tag. Und am dritten Tag. Er gab ihnen Milch und so gewöhnten sie sich an ihn. Einmal, als sie ihre Köpfe wieder in die Milchschale steckten, hörte er hinter sich ein Zischen.

Er drehte sich um.

Vor ihm hatte sich eine riesige Schlange aufgerichtet und züngelte bedrohlich.

Er rannte davon.

Eine Woche lang hielt er sich von dem Nest fern.

Ich wäre nie wieder dorthin zurückgekehrt, aber Lego war nicht wie ich.

Er stellte den Jungschlangen erneut Milch hin und kaum hatten sie zu trinken begonnen, wand sich die riesige Schlange um seine Beine. Jetzt konnte er nicht mehr davonlaufen. Sie schaute ihm tief in die Augen und zischte.

Lego wurde ohnmächtig.

›Ich weiß nicht, ob ich wirklich ohnmächtig wurde oder einfach eingeschlafen bin‹, sagt er noch heute.

Als er wieder zu sich kam, war er der Schlange noch immer ausgeliefert.

So verharrten beide noch eine ganze Weile, bis sie ihn schließlich freiließ.
Als er zu seiner Einheit zurückkehrte, traf es ihn wie einen Schlag. In seiner Abwesenheit hatten die Deutschen seine Einheit überfallen und keinen Einzigen am Leben gelassen. Als er nach Kriegsende ins Dorf zurückkam, wollten sie ihn deswegen bestrafen. Sie nahmen an, dass er desertiert war oder sich mit den Deutschen zusammengetan hatte. Welchen Grund hätte es sonst gegeben, ihn als Einzigen zu verschonen? Doch keiner konnte glauben, dass ein herzensguter Mensch wie er seine eigene Einheit verraten hatte. Er wird wohl so altern wie mein Vater. Vielleicht wird er selbst nie so erblühen wie er, doch sicherlich werden unzählige Blumen sein Grab schmücken, dessen bin ich mir sicher. Denn er ist im Wesen rein wie eine Blume.«
»Und wer ist das kleine Mädchen?«
»Das ist Mariam, Legos älteste Tochter.«
»Ist sie auch heute noch so schön?«
»Damals war sie es jedenfalls.«
»Wie lange ist es her, dass du sie gesehen hast?«
»Als Lego ging, brachte sie ihm diese Blumen. Er hat sie nicht genommen. Wie denn auch? Er zog in den Krieg, er hatte ganz andere Sorgen. Immerhin ließ er Frau und Kind zurück. Ich bin mir nicht sicher, was sie mehr bedrückt hat: dass ihr Vater ihr Geschenk nicht annehmen wollte oder dass er fortging. Sie liebte ihren Vater abgöttisch, sie wich ihm nicht von der Seite. Danach verlor sie ihre Lebensfreude. Sie blickte stets beküm-

mert in die Ferne, in die Richtung, in die ihr Vater verschwunden war, und wurde immer schwächer, bis sie nur noch ein Schatten ihrer selbst war. Und eines Tages war sie nicht einmal mehr das.

Als Lego heimkehrte und von ihrem Tod erfuhr, sagte er nur: ›Gott hätte mich an ihrer Stelle nehmen sollen. Was hätte es ihm schon ausgemacht?‹

Es war das erste und einzige Mal, dass er sich bei Gott beklagte.

Die Blumen seiner Tochter hat er noch immer.

›Ich gebe sie ihm, wenn er wiederkommt‹, hatte seine Tochter gesagt, sie getrocknet und unter ihrem Kopfkissen aufbewahrt.

Die Frau mit dem Zopf ist meine Mutter.

Der Junge, den sie im Arm hält, bin ich.«

Tevdore schwieg einen Moment, dann fragte er Luka:

»Und, habe ich mich sehr verändert?«

»Kaum.«

Beide kicherten.

»Komm, lass uns essen«, Tevdore brach das Brot und goss Honigschnaps ein.

»Gesegnet sei der Schöpfer, der uns Brot und Honig gab.«

»Amen«, stimmte Luka ein.

Sie kippten den Schnaps hinunter und machten sich mit Heißhunger ans Essen.

Eine Zeitlang aßen sie schweigend.

Luka entdeckte im Honigtopf eine tote Biene und betrachtete sie eingehend. Tevdore bemerkte dies.

Beide starrten auf das tote Tierchen.
Tevdore fischte es mit einem Stückchen Brot heraus, legte es auf seine Handinnenfläche und sagte:
»Diese kleine fleißige Biene, die von weit her den Nektar geholt hat, erst diente sie dem Himmel, dann uns Menschen. So hat Gott die Insekten eingeteilt – einige machte er zu Bienen oder Ameisen, andere zu Blutegeln oder Spinnen. Die einen sind stets am Arbeiten, die anderen am Blutsaugen, und andere wiederum spinnen ihre Fallen. Manche von ihnen hat er auch zu Glühwürmchen gemacht.
Sie glühen.
Sie leuchten.
Sie brauchen kein Feuer zu machen, sie selbst sind es, die brennen. Ihr Licht wärmt sie die ganze Nacht.
So ist es, so will es der Schöpfer.
Wir alle sind das, wozu uns Gott geschaffen hat.
Und dann, wer weiß, werden wir zu Wölfen oder zu Bienen oder zu Spinnen oder zu Glühwürmchen. Je nachdem, was für ein Leben wir geführt haben.«
Luka hörte ihm zu.
Im Kamin knisterte es.
Tevdore goss nach.
»Lass uns auf die Mütter dieser Welt anstoßen – in dieser und jener Welt. Gesegnet sei die Liebe der Mütter. Wir alle kommen von unseren Müttern – Menschen, Bienen, Ameisen. Stell dir nur vor, welche Wärme das Herz einer Glühwürmchenmutter in sich trägt, wie erschöpft das Herz der Bienenmutter ist.«

Luka hörte ihm weiter gebannt zu.
»Ich erzähle dir etwas aus der Zeit, als ich noch als Wolf diese Welt durchstreifte. Ich bin mir nicht sicher, unter welchem Leitwolf es war, aber Patsa weilte noch unter uns. An diesem Morgen beobachteten wir eine Bärenfamilie: eine Mutter mit ihren Jungen und ein aggressives Männchen. Ich hatte so etwas noch nie gesehen. Das Männchen versuchte, die Jungen zu reißen, während die Mutter alles daran setzte, ihn auf Abstand zu halten. Sie stellte sich schützend vor ihre Jungen, die ängstlich nach ihr riefen und sich dicht an ihre Hinterbeine schmiegten.
Wir hatten sie schon den ganzen Morgen über beobachtet. Wir wunderten uns, denn solch ein Verhalten war uns fremd, unter Wölfen hatten wir so etwas noch nie gesehen. Keiner von uns konnte sich diese Situation genau erklären und so waren wir neugierig, wie dieses Schauspiel ausgehen würde. Das Männchen war groß und stark. Aber die Mutter verteidigte ihre Jungen so verbissen, dass es aussichtslos für ihn schien. Ihr Kampf war so wild, dass sich kein anderes Tier in ihre Nähe traute, selbst die Vögel waren davongeflogen. Einzig und allein die Geier drehten ihre Kreise. Wahrscheinlich glaubten sie an den Erfolg des Männchens und warteten geduldig auf ihren Anteil.
Es wurde Mittag.
Die Sonne neigte sich.
Allmählich schwanden die Kräfte der Bärenmutter. Sie konnte das Männchen kaum noch fernhalten.

Normalerweise mischten wir uns in solche Dinge nicht ein, doch diesmal beschlossen wir, der geschwächten Mutter zu Hilfe zu kommen.
Wir sammelten uns, als würden wir in den Krieg ziehen und warteten auf das Zeichen.
Der Leitwolf gab den Befehl und wir sprangen auf.
Im Nu hatten wir das Männchen eingekreist und gaben der Bärenmutter damit die Möglichkeit, ihre Jungen in Sicherheit zu bringen. Auch wenn wir dem Bären nichts hätten anhaben können, so konnten wir der Bärenmutter damit wenigstens eine kurze Verschnaufpause geben.
Der Bär wand sich brüllend im Kreis.
Die Bärenmutter ruhte sich in sicherer Entfernung einen kurzen Moment aus, dann stupste sie ihre Jungen sanft an und drängte sie zur Eile. So flohen sie den Hang hinab und verschwanden im Wald.
Als es dem Bär endlich gelang, unseren Kreis zu durchbrechen, war von der Mutter und ihren Jungen weit und breit keine Spur mehr.«
Tevdore versank wieder in seinen Gedanken.
»Weißt du, Luka, es gibt da ein Sprichwort.«
»Welches?«
»Zwölf Gesänge kannte die Amsel, doch dann setzte ihr der Falke zu und sie vergaß sie alle. So ist es mir auch ergangen. Das Leben als Wolf hat mich alles vergessen lassen. Sobald sich ein Mann auf den Pfad des Wolfes begibt, vergisst er den der Menschen. Ich will dir erzählen, wie ich am Rande unseres Dorfes meinem eigenen Bruder auflauerte.«

Luka wurde von Neugier gepackt.
»Es war Winter. Der Mond war noch nicht aufgegangen, doch es war eine helle Nacht. Wir beobachteten das Dorf von einer Anhöhe aus.
Wir waren hungrig.
Uns war kalt.
Unsere Zähne klapperten aufeinander.
Wir fassten einen Plan: Ich sollte mich ins Dorf schleichen, mich einem der Hunde nähern und ihn in eine Schlucht locken. Dort wollte das Rudel warten, und den Rest kannst du dir ja schon denken.«
Luka erschauderte. Wieder kam in ihm die Befürchtung auf, dass er nun der Hund wäre, den Tevdore mit seinen Worten zu sich lockte, nur um ihn dem Rudel auszuliefern, das irgendwo mit gewetzten Zähnen auf ihn wartete.
»Das Rudel machte sich auf zur Schlucht, und ich schlich mich an das Dorf heran. Bald sah ich einen Mann, der ebenfalls auf das Dorf zulief. Zuerst wollte ich umkehren, um den anderen Bescheid zu geben. Doch ich überlegte es mir anders, denn in der Zwischenzeit hätte der Mann es wohl schon bis zum Dorf geschafft und wäre uns entwischt.
Ich drückte mich dicht an den Boden und schlich mich so weiter voran.
Der Abstand zwischen uns wurde immer kleiner.
Auf einmal blieb der Mann stehen und zündete sich eine Zigarette an.
Ich zögerte kurz, doch der Hunger war größer.

Plötzlich rannte der Mann wie von einer Tarantel gestochen los. Er hatte mich wohl entdeckt. Ich schnellte hervor und verfolgte ihn.
Er rannte und schrie aus vollem Hals. Er pfiff, so laut er konnte.
Bis zum Dorf war es noch ein Stück.
Ich war ihm dicht auf den Fersen.
Je näher ich ihm kam, desto größer wurde die Gewissheit, dass es sich um meinen Bruder Lego handelte, den ich da vor mir hertrieb. Ein Teil von mir versuchte, mich zurückzuhalten, ein anderer Teil jedoch drängte mich immer weiter. Einerseits war es mein Bruder, andererseits war ich im Blutrausch. In jenem Moment war ich durch und durch Wolf.
Genau das war es auch, was er in mir sah. Er schrie um Hilfe.
Im Dorf erhob sich Hundegebell.
Es fehlte nicht mehr viel, gleich hätte ich ihn gehabt. Ich machte einen Satz, doch genau in diesem Moment sprang er über einen Zaun und fiel kopfüber in den Schnee.
In meinem Maul blieb nur sein Stiefel hängen. Im nächsten Augenblick fielen die Hunde über mich her. Ich musste von Lego ablassen und versuchte, mich vor den Bissen der Hunde zu schützen.
Es waren zu viele.
Sie setzten mir schwer zu.
Einer von ihnen sprang auf mich und biss sich in meinem Rücken fest. Nur mit Mühe konnte ich mich los-

reißen und floh völlig außer Atem zur Schlucht. Dort wartete das hungrige Rudel auf mich. Als sie mich unverrichteter Dinge zurückkommen sahen, knurrten sie mich feindselig an. Diese Nacht verbrachten wir hungrig und schlotternd.«

Luka schien es, als könnte er die eisige Kälte und die Entbehrung am eigenen Leib spüren.

»Ich schau mal nach dem Kälbchen. Bin gleich wieder da«, sagte Tevdore und erhob sich.

Die wirren Gedanken der gestrigen Nacht holten Luka wieder ein. Das Alleinsein beängstigte ihn. Es ist die Einsamkeit, die schlimme Gedanken gebiert. Er erhob sich und wollte Tevdore in den Stall folgen, Hauptsache, er blieb nicht allein zurück.

Doch wer wusste, was ihn dort erwarten würde? Vielleicht hatte die Erinnerung an jene Nacht, den Hunger und die Kälte, etwas in ihm geweckt?

Er wollte nach dem Kälbchen sehen, doch was, wenn er es auffräße?

Nein, nein. Das würde er nie tun. Er hatte es sorgfältig in seinen Mantel gewickelt, damit es sich nicht verkühlte. Und das andere Kalb hatte er ja auch noch nicht aufgefressen.

Luka blieb sitzen. Er dachte über Tevdores Geschichte nach. Wieso wohl hatte Tevdore sie ihm erzählt? Wollte er ihm klarmachen, dass er nicht einmal seinen Bruder verschont hätte? Welchen Grund würde er also haben, ihn zu verschonen? ›Dein mitleidsvoller Blick wird dir nichts nützen‹, würde er sagen.

Nicht einmal seinen eigenen Stier hatte er entkommen lassen. Wenn das Wölfische in ihm wieder geweckt wäre, wäre alle Hoffnung umsonst.

Gott, steh mir bei.

Doch noch machte Tevdore durchaus einen friedlichen Eindruck auf Luka.

Vielleicht lag es ja wirklich an dem Bett seines Vaters, dem einzigen Ort, wo er Gnade erfuhr.

Er musste es sich anschauen!

Er musste in sein Zimmer gehen.

Er wandte sich zur Tür, war kurz davor, nach dem Türknauf zu greifen, da hörte er abermals die innere Stimme, die ihn warnte.

Er ließ von seinem Plan ab.

Er lief im Zimmer auf und ab. Die Angst zwang ihn sprichwörtlich in die Knie, er musste sich setzen. Er musste diese unsägliche Angst irgendwie loswerden. Er versuchte, an etwas Heiteres zu denken.

Es gab kein Entrinnen.

Dann ...

Leise.

Ganz leise.

Er wollte diesen Gedanken nicht zulassen, doch er drängte sich ihm unweigerlich auf. Als wäre es nicht sein Gedanke, sondern die Stimme eines anderen. Jemand flüsterte ihm zu:

»Töte ihn!«

Wen?

Tevdore?

Sollte Luka ihn töten?
War das wirklich der einzige Weg, um zu überleben?
Doch wie sollte er das bewerkstelligen? Luka hatte noch nie einer Fliege etwas zuleide getan. Er fürchtete sich vor diesem Gedanken, er fürchtete ihn mehr als die Vorstellung, ein Wolf zu werden. Oder von den Wölfen gefressen zu werden?
Wie sollte er ihn töten?
Mit dem Dolch?
Mit einem Gewehr wäre es sicherlich einfacher.
Aber wäre es leichter, den Abzug zu drücken oder ihm den Dolch ins Herz zu rammen?
Hatte Tevdore denn überhaupt ein Gewehr?
Vielleicht mit einer Axt.
Er würde sich hinter der Tür verstecken und ...
Nein, nein. Dazu wäre Luka nicht in der Lage.
Er würde den Rest seines Lebens ein Mörder sein, es würde ihn quälen. Allein der Gedanke, Tevdore töten zu müssen, ließ ihn fast wahnsinnig werden.
»Du musst ihm zuvorkommen. Zuvorkommen musst du ihm!«, zischte die geheimnisvolle Stimme. Woher kam sie? Wollte sich jemand an Tevdore rächen?
Wenn er ihn tötete, würde er sich sein Leben lang fragen müssen, ob er das Richtige getan hatte. Vielleicht bedeutete es genau das, vom Weg abzukommen.
Nein, Luka musste diese Gedanken irgendwie unterdrücken.
»Luka!«, rief Tevdore in diesem Moment von draußen.
Warum ruft er mich? Will er mich aus dem Haus locken?

Sind die Doraier bereits vor der Hütte versammelt, und meine letzte Stunde hat geschlagen? Wieso kommt er nicht zu mir?

Er wird sich scheuen, solch eine Tat in dem Haus zu vollbringen, in dem das Bett seines Vaters steht.

Wenn er schon dem Bett seines Vaters so viel Respekt zollt, dann ...

... dann kann er doch keiner mehr von ihnen sein!, schloss Luka für sich und öffnete erleichtert die Tür.

»Komm Luka, das muss ich dir zeigen!«, rief Tevdore. Der Hund hatte sich neben ihm auf die Hinterbeine gesetzt. »Schau!«, sagte Tevdore.

Luka sah in den Himmel. Der Mond leuchtete hell am bestirnten Firmament.

»Siehst du es?«, fragte Tevdore.

»Was denn?«, fragte Luka verwundert.

»Die Sterne.«

»Natürlich«, Luka war verwirrt.

»Seitdem ich denken kann, schaue ich zu diesem Himmel empor. Eines habe ich nie verstanden: Wieso der liebe Gott ausgerechnet den Himmel mit solch einer Konstanz und Ordnung segnete, während er sie der Seele des Menschen von jeher verwehrt hat«, sinnierte Tevdore.

Der Hund blickte ebenfalls gen Himmel, als ob er über dasselbe nachdenken würde.

»Ich gebe dir ein Rätsel auf, Luka. Mal schauen, ob du es löst. An das eine erinnert man sich nicht und das andere kann man nicht wissen.«

Luka dachte nach.
Tevdore schaute ihn grinsend an.
»Ich komme nicht drauf«, gab Luka auf.
»Geburt und Tod«, erklärte ihm Tevdore.
Eine Zeitlang schauten beide zu den Sternen. Luka wurde vom beißenden Wind aus seinen Gedanken gerissen.
»Wir werden uns nie daran erinnern und wir werden es nie genau wissen können. Doch wie man so schön sagt – was ich nicht weiß, macht mich nicht heiß! Komm, Luka, lass uns reingehen«, sagte Tevdore.
Lukas Stimmung hatte sich gehoben, und so folgte er ihm beruhigt. Jetzt konnte er es kaum erwarten, den Rest von Tevdores Geschichte zu hören. So wechselte seine Stimmung ständig, erst packte ihn die Angst, eine grauenerregende Angst, dann die Neugier – eine kaum auszuhaltende Neugier. Er wollte erfahren, wie es Tevdore gelungen war, dem Joch zu entkommen.
»Weißt du, man kann vorher nie mit Gewissheit sagen, ob man das Zeug zum Leitwolf hat«, fuhr Tevdore fort. »Nicht nur bei den Wölfen ist das so, auch bei den Menschen. Manche schaffen es, sich einen Namen zu machen, andere wiederum geraten in Vergessenheit. Kann man sich als Leitwolf beweisen, dann kann man sich sicher sein, dass man nie vergessen wird. Ich will dir eine Geschichte erzählen, die sich unter Korais Führung ereignete. Denn Korai hat sein wahres Ich erst gezeigt, als er zu unserem Leitwolf ernannt wurde ...
Seit dem frühen Morgen hatten wir einem Pferd nachgestellt.

Es war ein Blauschimmel von prächtiger Statur mit einem weißen Stern auf der Stirn. Sein Besitzer ließ ihn auf die Weide und so graste er gemütlich am Hang. Oben auf dem Kamm lagen wir zwischen den Büschen auf der Lauer.
Sein Fell glänzte im Sonnenlicht. Wir konnten unsere Augen kaum von ihm lassen, so schön war er. Mit jedem seiner Schritte schwand unsere Geduld. Seinen Kopf hatte er zwischen das hohe Gras gesteckt und kaute genüsslich das satte Grün. Wir konnten es kaum erwarten, unseren Kreis um ihn zu schließen, und fieberten dem Zeichen des Leitwolfes entgegen. Zwar war es helllichter Tag, doch da wir weit genug vom Dorf entfernt waren, wollten wir den Angriff dennoch wagen. Nie hatten wir eine solch schöne Beute gehabt. Wir hatten schon zahlreiche Pferde gerissen, doch dieses hier war ohnegleichen. Einmal, es war unter Dschunais Führung, fiel bereits im August der erste Schnee. Er lag so hoch, dass eine Herde von Pferden, die zum Grasen auf die Wiesen gebracht worden war, eingeschlossen wurde. Sie konnten nicht mehr ins Dorf zurück, und so stiegen sie den immer steiler und steiniger werdenden Hang weiter nach oben. Wegen der Lawinengefahr trauten sich die Männer nicht zu ihnen. Wir aber witterten unsere Chance und stiegen ebenfalls den Bergkamm hoch. Die Menschen beobachteten uns vom Dorf aus, es war Tag und auf dem weißen Schnee waren wir kaum zu übersehen. Von Zeit zu Zeit gaben sie einen Schuss ab, um uns zu verjagen. Als die Pferde sahen, wie wir

uns anschlichen, fingen sie an, nervös zu wiehern. Inzwischen stand die Sonne im Zenit, was unser Vorankommen auf dem tauenden Schnee erschwerte, und so näherten wir uns den Pferden nur sehr langsam.
Oben angekommen, schnitten wir ihnen die Fluchtwege ab. Die Pferde suchten verzweifelt nach einem Ausweg. Plötzlich wagte es eines der Pferde, den Kreis mit einem großen Satz zu durchbrechen, die anderen folgten ihm. Wir verloren keine Zeit, stürzten uns auf sie und verbissen uns in ihre Rücken. Die Pferde galoppierten in Panik den Hang runter. Patsa blieb als Einziger von uns zurück, er setzte sich auf seine Hinterbeine, seine Kosakenmütze tief nach unten gezogen, und beobachtete das Treiben. So gut es ging versuchten wir, uns an den Pferden festzubeißen und sie zu schwächen. Doch sie rasten weiter Richtung Dorf. Wer weiß, was passiert wäre, wenn Patsa nicht angefangen hätte, von oben laut aufzuheulen. Zuerst achteten wir nicht darauf, erst als auch der Leitwolf von seinem Pferd abließ und in das Geheul mit einstimmte, was einem Befehl gleichkam. So ließen auch wir von unseren Opfern ab, versammelten uns um unseren Leitwolf und schauten zum Dorf hinab. Eine Horde bewaffneter Männer bahnte sich einen Weg durch den hohen Schnee. Ein Schwall von Schrotkugeln sauste uns um die Ohren. Wir liefen, was das Zeug hielt, und erreichten in letzter Sekunde den nahe gelegenen Wald. Wir waren nur knapp entkommen. Patsa saß noch immer auf dem Hang und blickte seelenruhig auf das Dorf herab. Er

schien tief versunken, harrte bis zum späten Abend aus, während wir im Wald auf ihn warteten.
Von da an mieden wir Pferde. Jetzt aber, da dieser prächtige Blauschimmel vor uns stand, konnten wir uns nicht mehr halten. Wir warteten gespannt darauf, dass Korai das Zeichen gab. Doch er wies uns an, zurückzubleiben. Er selbst schlich sich dicht an den Boden gedrückt weiter vor. Das Pferd versuchte noch zu fliehen, doch Korai hatte sich mit einem Satz auf seinen Nacken gestürzt. Es wieherte laut auf und stürmte in Richtung des Dorfes. Korai schien so berauscht vom Blut zu sein, dass er gar nicht mitbekam, wohin ihn das Pferd trug. Kurze Zeit später hörten wir im Dorf Geschrei und Schüsse. Dann verstummte der Lärm und wir sahen, wie Menschen aus dem Dorf kamen. Sie stiegen den Hang hoch und schleiften den gefesselten Korai hinter sich her. Am Eingang des Dorfes stand eine hohe Esche, dort hängten sie ihn auf. Das bunte Treiben hielt eine ganze Weile an. Erst zum Abend hin löste sich die Menschenmenge endlich auf. Bis dahin hatten wir uns versteckt und schauten zu, wie Korais aufgeknüpfter Körper im Wind leicht hin und her schaukelte. Über dem Baum drehten die Geier ihre Kreise.
Auch nachdem die Nacht angebrochen war, trauten wir uns nicht hervor. Erst als die Nacht ihre dunkelste Stunde erreicht hatte, näherten wir uns vorsichtig. Durch unser Herankommen wurden einige Füchse verscheucht, die sich unter dem Baum versammelt hatten. Der Wind wehte.

Unser Leitwolf hing leblos herab.
Wir stoben auseinander.
Von jenem Tag an hielten wir uns fern von diesem Dorf. Bis zur nächsten Versammlung im Tal der Doraier blieben wir ohne Anführer. Ohne jegliche Führung nahmen wir, was wir kriegen konnten. Unser Rudel löste sich allmählich auf, nicht selten waren wir nun zu zweit oder zu dritt unterwegs.
Nachdem Korai aufgehängt worden war, streifte ich eine Zeitlang mit Genja und Kaloba umher. Kaloba war eine junge, schöne Wölfin, aber zu der Zeit hatte Genja ein Auge auf sie geworfen. Er wich ihr nicht von der Seite und jung und stark, wie er war, ließ er auch niemand anderen an sie heran.
Es war eine Nacht mit hellem Mondschein. Wir liefen durch das Gestrüpp, als plötzlich der Boden unter unseren Pfoten nachgab. Wir fielen und begriffen zunächst nicht, was passiert war. Wir wollten fliehen, doch es war aussichtslos, wir waren in ein tiefes Erdloch gefallen. Wir versuchten, aus dem Loch zu klettern, vergeblich. Wir wollten nicht aufgeben, doch unsere Krallen rutschten immer wieder an der lehmigen Erde ab. Einmal schaffte ich es fast bis zur Hälfte, doch da verließ mich auch schon die Kraft. Ich sah Funken vor meinen Augen. Ich schaute hoch in den Nachthimmel. Hier, gefangen in diesem Loch, erschien mir der Mond besonders hell und so drückte ich mich dicht an die Wand. Genja und Kaloba versuchten weiterhin, sich zu befreien, doch bei Sonnenaufgang verließ auch sie jeg-

liche Hoffnung. Wir wussten, dass solche Fallen von Jägern gelegt wurden. Wir hatten stets darauf geachtet, doch in jener Nacht hatten wir sie nicht bemerkt, so gut hatte man sie mit Blättern und Ästen abgedeckt.

Ein ganzer Tag verstrich. Die Sonne ging wieder auf.

Wir setzten unsere Fluchtversuche fort, aber schon nach einer Weile waren unsere Pfoten so wund, dass wir einander ratlos anschauten.«

Tevdore sah zu Luka.

Luka konnte ihm nicht in die Augen schauen und so senkte er seinen Blick.

»Gegen Mittag hörten wir Schritte. Wir hielten den Atem an. Die Schritte kamen immer näher, bis sie über uns stoppten.

Wir schauten hoch.

Ein Jäger blickte auf uns herab.

Wir zogen unsere Schwänze ein.

Doch plötzlich rutschte er aus und fiel selbst in seine Falle! Sein Gewehr hatte sich oben im Gestrüpp verfangen. Er sprang genauso panisch hoch wie wir in der vorigen Nacht und versuchte, herauszuklettern. Wir saßen auf unseren Hinterbeinen und beobachteten ihn – er, völlig verängstigt, schaute mal uns an und mal nach oben in den freien Himmel.

So verging der Tag.

Wir fixierten ihn und er uns. Um seine Schulter hatte er einen langen Strick geschlungen. Wahrscheinlich band er ihn normalerweise oben an einen Baum und seilte sich so in das Loch ab. Das Schicksal ist schon

komisch, seine eigene Falle sollte ihm nun zum Verhängnis werden.
Die Sonne ging wieder auf und schien nun direkt in das Erdloch hinein.
Allmählich stieg die Temperatur.
Wir hatten seit gut einer Woche nichts mehr gegessen und hätten uns nur allzu gerne auf den Jäger gestürzt. Der Hunger vernebelte uns die Sinne. Doch irgendetwas hielt uns davon ab, immerhin teilte der Jäger nun das gleiche Unglück wie wir. Vielleicht hatte der Umstand, dass Genja und Kaloba einander liebten, dazu beigetragen, dass unsere Herzen erweicht waren – schlummerte etwa noch ein letzter Funken Menschlichkeit in uns?
Ich weiß es nicht.
Der Jäger schaute so mitleiderregend drein, man hätte fast vergessen können, dass er selbst es war, der dieses Loch ausgehoben hatte.
Mit seinem Blick schien er um Gnade zu flehen – wir waren alle in derselben misslichen Lage.
Die Sonne neigte sich dem Horizont entgegen.
Auch dieser Tag nahm sein Ende.
Es wurde Nacht.
Im Erdloch machte sich die Finsternis breit.
Wir saßen da, der Jäger war nun blind. Er drückte sich mit dem Rücken eng an die Erdwand. Er tastete an sich herum und holte ein kleines Messer hervor, das er die ganze Nacht über fest umklammert hielt. Er hoffte wohl, sich damit im Fall der Fälle verteidigen zu können.

Der Mond ging langsam auf und vertrieb die Finsternis etwas.
Wir saßen stumm da und schauten uns an. Genja und Kaloba lagen eng beieinander, von Zeit zu Zeit hoben sie ihren Kopf und schmiegten sich aneinander. Dann fiel ihnen wieder ihre ausweglose Lage ein und sie blickten hoffnungslos zum Himmel hinauf.
Plötzlich sprang eine Grille in das Loch. Auch sie suchte vergeblich nach einem Ausweg. Die ganze Nacht über begleitete uns das Zirpen der Grille. Von Zeit zu Zeit nickten wir ein, bis wir durch ein Zusammenzucken wieder aus dem Schlaf gerissen wurden. Auch dem Jäger fielen die Augen immer wieder zu.
Es wurde hell.
Die Grille verstummte.
Die Morgenluft verstärkte unseren Hunger.
Wieder wurde das Erdloch von der Sonne aufgeheizt.
Dann zogen Wolken auf.
Es blitzte.
Donnerte.
Ein Wolkenbruch ergoss sich über uns.
Die ausgetrocknete Erde sog sich voll.
Der Regen wurde stärker.
Das Wasser fing an, sich in dem Erdloch zu sammeln.
Zum Schluss schwammen wir förmlich im Loch. Nur noch unsere Köpfe schauten aus dem Wasser.
Die Grille trieb auf der Wasseroberfläche.
Sie hatte aufgehört zu zirpen.
So plötzlich, wie er gekommen war, verzog sich der

Regen schließlich auch wieder. Das restliche Wasser versickerte im Boden, wir saßen erneut im Trockenen.
Wir waren hungrig.
Der Tag verstrich.
Die Nacht brach an.
Der Jäger hielt sein Messer umklammert.
Die Grille setzte ihr Zirpen fort.
Die Sonne ging auf.
Und dann ...
Richtete sich der Mann langsam auf, ohne uns jedoch aus den Augen zu lassen. Er fing an, mit seinem kleinen Messer aus der Erdwand etwa faustgroße Vertiefungen herauszuschaben. Er steckte seinen Fuß in die unterste und stieg so langsam nach oben. Wir beobachteten ihn gespannt. An einer Stelle rutschte er aus und fiel rücklings hinunter. Er erhob sich stöhnend, begann von vorn. Nun war er unsere einzige Hoffnung.
Je höher er kam, desto heller leuchteten die Augen von Genja und Kaloba.
›Wenn er oben ist, muss er nur eine Leiter oder ein Brett herunterlassen und dann kommen wir hier endlich raus‹, sagte Genja zu Kaloba und schaute den Jäger hoffnungsvoll an.
Der Mann hatte die Kante tatsächlich erreicht, er ritzte noch eine letzte Vertiefung in die Wand und war frei.
Wir atmeten auf.
Er verschwand für einen kurzen Moment.
Wir schauten ungeduldig nach oben.
Er kam wieder.

Schaute auf uns herab.
Dann richtete er sein Gewehr auf uns und drückte ab.
Einmal.
Zweimal.
Dreimal.
Der Geruch von Schießpulver und Rauch erfüllte das Erdloch.
Es knallte noch ein letztes Mal.
An den Rest erinnere ich mich nicht mehr.
Ich verlor das Bewusstsein.
Schwer zu sagen, wie lange ich bewusstlos war.
Als ich wieder zu mir kam, schaute ich mich um: Neben mir lagen die leblosen Körper von Genja und Kaloba. Ich wollte mich aufrichten. Doch ich war verwundet und blutete. Ich hatte keine Kraft. Wieder verlor ich das Bewusstsein. Als ich von zwei Männern an Seilen nach oben gezogen wurde, kam ich zu mir.
›Als ich in die Grube schaute, konnte ich es kaum fassen. Einen roten Wolf hatte ich noch nie gesehen. Ich wollte einen genaueren Blick auf ihn werfen, da bin ich ausgerutscht und reingefallen‹, hörte ich den Mann sprechen. ›Er ist nicht einfach rot, er ist scharlachrot. Deswegen habe ich ihn verschont. Lebend wird er mir mehr einbringen.‹
Sie zogen mich unter Mühen aus dem Loch.
Sie hatten mir das Maul fest zugebunden.
Einer der Männer machte sich daran, Genja das Fell abzuziehen, der andere tat das Gleiche bei Kaloba.
Sie steckten mich in einen Sack, warfen mich auf ein

Pferd und brachten mich ins Dorf. Als sie mich aus dem Sack holten, hatten sich die Dorfbewohner um mich versammelt, man starrte mich neugierig an.
Einige Tage lang ketteten sie mich in einem Stall an. Manchmal lockerten sie den Strick um mein Maul, um mir etwas zu essen zu geben. Ich verweigerte es jedoch. Dann luden sie mich auf einen Wagen und brachten mich in die Stadt.
Eine Zeitlang hielt man mich in einem Zoo. Die Menschen kamen in Scharen, um mich zu sehen.
Sie standen da.
Starrten mich an.
Staunten.
So ging es einige Monate lang.
Keiner der Schaulustigen schenkte dem Strick, den mir die Doraier um den Hals gebunden hatten, Beachtung. Vielleicht war er auch gar nicht sichtbar für sie. Damals wusste ich nicht, dass meine Wolfsgestalt an diesen Strick gebunden war.
Irgendwann wurde ein Professor auf mich aufmerksam, der einige Versuche mit mir durchführte.
Ich ging durch die Hölle – all das als Strafe für die Sünden, die ich in meinem Leben, sei es als Mensch oder als Wolf, begangen hatte. Die Mitarbeiter des Professors legten mich auf einen Untersuchungstisch, banden mich mit Gurten fest und verpassten mir Elektroschocks. Ich zitterte, krampfte, bäumte mich auf. Der Schmerz war unerträglich, ich wollte aufheulen, doch mein Maul war zugebunden.

›Sehr gut. Sehr gut‹, sagte der Professor begeistert. Ich konnte beim besten Willen nicht erkennen, was genau daran sehr gut sein sollte.
So ging es eine Weile. Eines Tages kam ein Mann herein, begutachtete mich ausgiebig und flüsterte dem Professor etwas zu.
›In Ordnung. Wie Sie wünschen‹, stimmte ihm der Professor zu.
Nachts steckte man mich in ein Auto und fuhr aus der Stadt.
Sie ließen mich frei.
Ich lief weg.
Nur mit Mühe und stark geschwächt fand ich mein Rudel wieder. Und so folgte ich dem Leitwolf wieder in die Dörfer ...«
Luka fielen die Augen zu, er war eingenickt.
»Luka?«, Tevdore tippte ihn am Arm an.
»Ja?«, fragte Luka im Halbschlaf.
»Willst du schlafen?«
Luka versank tiefer in den Schlaf.
Als er wieder aufwachte, lag er im Bett. Tevdore war nicht zu sehen. Es dämmerte bereits.
Er richtete sich auf.
Schaute an sich herunter.
Es waren noch immer seine Arme und Beine. Er war noch immer Mensch. Er war noch immer Luka.
»Luka?«, hörte er Tevdore aus dem anderen Zimmer rufen. »Luka? Bist du schon wach?«
»Ja, Onkelchen. Ich bin wach«, antwortete Luka und

stand auf. Wie es schien, hatte Tevdore ihn in seinen Kleidern ins Bett gelegt.

»Komm kurz her, Luka.«

Was er wohl vorhat? Ob vielleicht die Doraier auf mich warten?, ging es ihm durch den Kopf.

»Wo bleibst du, Luka?«

Luka zögerte, aber entschied dann: Sollte das mein Schicksal sein, so werde ich ihm ohnehin nicht entkommen.

Er betrat Tevdores Zimmer.

Tevdore lag in seinem Bett.

»Da bist du ja, Luka.«

»Guten Morgen, Onkelchen.«

»Es wird kein guter Morgen werden. Meine Zeit hier läuft ab. Doch noch lassen sie mich nicht gehen. Noch gönnen sie mir den Frieden nicht.«

»Was soll dieses traurige Gerede, Onkelchen?«

»Ich werde dieses Bett nicht mehr verlassen können, mein Junge. Meine Kräfte haben mich verlassen. Ich hatte es schon geahnt«, Tevdore versuchte, sich ein wenig aufzurichten, doch er schaffte es nicht. Er ließ sich wieder in sein Kissen sinken.

Das Holzbett, in dem Tevdore lag, hatte sich mit den Jahren durch den Rauch dunkel verfärbt. Die filigranen Holzschnitzereien waren aber noch zu erkennen. Luka verspürte eine innere Ruhe bei diesem Anblick und setzte sich auf die Bettkante.

»Einzig dieses Bett hier kann meine Leiden noch lindern, Luka. Lass mich dir meine Geschichte zu Ende erzählen, solange noch Zeit ist.

Wieder vereint mit meinem Rudel, ging ich unseren üblichen Aufgaben nach. Eines Tages lauerten wir einer Schafherde auf. Am Abend hatten die Schäfer die Tiere auf die Koppel gebracht, sie selbst waren zum Schlafen in den nahe gelegenen Stall gegangen. Wir schlichen uns an den Zaun heran.
Die Hunde bemerkten uns nicht.
Einer von uns sollte in die Koppel springen und die Herde auseinandertreiben. Wären die Tiere erst in Panik geraten, hätte jeder von uns mindestens ein Schaf reißen können.
Der Zaun war hoch und stachelig. Ich nahm Anlauf. Ich setzte zum Sprung an und glaubte, schon hinüber zu sein, da spürte ich, dass ich an etwas hängen geblieben war. Der Strick an meinem Hals hatte sich im Zaun verfangen.
Die Hunde fingen an zu bellen. Die Schafe wurden unruhig. Ich landete hart auf dem Boden.
Aus dem Stall kamen die Schäfer laut rufend angerannt. Ich versuchte aufzustehen, um davonzulaufen. Doch ich konnte nicht. Ich hatte meine menschliche Form wieder angenommen! Ich stand nackt, wie Gott mich erschaffen hatte, auf der Koppel. Die Schäfer, mit Knüppeln bewaffnet, blieben wie angewurzelt stehen, als sie mich sahen. Auch ich starrte völlig verwirrt zurück, ich begriff nicht, was passiert war.
Sie brachten mich in den Stall und gaben mir Kleidung. Ich erzählte ihnen alles.
Dann fiel ich in einen tiefen Schlaf.

In jener Nacht träumte ich von meinem Vater. Diesmal jedoch schaute er mich mit einem freudigen Lächeln an und rief mir zu: ›Finde die Blume, mein Junge. Finde sie, sonst werden sie dir keine Ruhe lassen.‹

Als ich wieder aufwachte, verabschiedete ich mich von den Schäfern und machte mich auf den Weg. Von jenem Tag an suchte ich nach der Blume, die auf meinem Vater erblüht war. Mehrere Winter und mehrere Sommer zogen vorüber, ohne dass ich sie fand. Irgendwann gab ich die Hoffnung auf. Vielleicht hatte Gott für mich den Seelenfrieden nie vorgesehen? Vielleicht war es auch nicht wichtig und ich hätte den Frieden in mir selbst finden müssen? Und so, völlig unerwartet, stieß ich eines Tages doch auf die Blume – der Wind trug sie mit sich. Sie tanzte in der Luft hin und her, bis sie, einer Schneeflocke gleich, sanft zu Boden glitt. Ich nahm sie an mich und drückte sie fest an meine Brust. Erst dann fand ich meinen Frieden. Ich verlor die Angst. Traf ich von da an auf Wölfe, so liefen sie mit eingezogenem Schwanz davon. Ach, das Leben schwindet aus mir – zu gerne würde ich die Welt durchqueren und überall Gutes säen. Doch ich bin am Ende angelangt. Man müsste so jung sein, wie du es bist. Noch klammert sich meine Seele an diese Blume, doch glaub mir, ich bin schon auf dem Weg auf die andere Seite.«

Luka saß da. Er war erfüllt von einer tiefen, inneren Ruhe. Er war befreit von all seinen Zweifeln.

»Sei so gut und schau nach den Tieren. Gib ihnen Heu und lass das Kalb zur Mutter.«

Luka ging raus. Die Sonne stieg am Himmel empor. Weit und breit war keine einzige Wolke am blauen Himmel zu sehen. Luka brachte das Heu in den Stall. Er ließ auch die Kälber zu ihren Müttern, sofort stürzten die Kleinen zu den Eutern. Als er zu Tevdore zurückkam, hatte dieser noch eine Bitte an Luka:
»Ich muss dich noch um einen letzten Gefallen bitten. Geh runter ins Dorf und richte meinem Bruder Lego aus, dass es mit mir zu Ende geht. Ich will nicht in deinen Armen sterben müssen.« Tevdore sprach mit großer Gelassenheit. »Hab keine Angst vor Lawinen. Die Nacht war kalt, der Schnee wird fest gefroren sein. Bestimmt werden noch andere Reisende unterwegs sein. Binde den Hund los und nimm ihn mit. Mit ihm an deiner Seite musst du dich vor nichts fürchten. Mein Bruder lebt gleich im ersten Dorf.«
Luka machte sich auf den Weg. Nicht nur die innere Ruhe, sondern auch eine neue innere Kraft schien ihn zu begleiten und so schritt er über den gefrorenen Schnee, während der Hund neben ihm herlief.
Das Tal lag wie erleuchtet vor ihm, der Schnee reflektierte den Sonnenschein. In der Ferne konnte Luka Reisende sehen, da Autos bei der Glätte nicht mehr vorwärtskamen, waren sie mit Pferden unterwegs. Luka schien es, als würde er wieder ins Leben zurückkehren. Er brauchte nicht lange, um ins Dorf zu kommen. Gleich beim ersten Haus blieb er stehen und rief nach Tevdores Bruder. Aus dem Haus trat ein Mann, noch älter als Tevdore selbst.

»Wen suchst du?«, fragte er Luka.
»Lego.«
»Der bin ich.«
»Tevdore schickt mich.«
»Geht es zu Ende?«
»Ja, es ist so weit.«
»Danke, ich werde mich auf den Weg machen. Ich zieh mir nur schnell was über«, sagte er und ging ins Haus.
Luka sah aus dem Augenwinkel die berittenen Reisenden ins Dorf kommen. Er erkannte sie sogleich, es waren Männer aus seinem Dorf. Er lief freudig auf sie zu.
»Luka? Bist du es wirklich?!«, riefen sie überrascht. »Wie lange haben wir dich nicht gesehen! Wo hast du nur gesteckt? Hast du unser Dorf etwa vergessen? Kein Wunder bei dem süßen Leben in der Stadt. Kehrst du heim?«
»Ja, ich kehre heim.«
»Im tiefsten Winter? Du musst uns ja schrecklich vermisst haben«, scherzten sie.
Luka schmunzelte: »Ja, das habe ich wirklich!«
»Komm, mit unseren Pferden bist du schneller. Die Straßen sind zugefroren, wer weiß, wann die wieder freigegeben werden.«
In diesem Moment trat Lego aus dem Haus. Luka bat seine Freunde zu warten und lief zu ihm.
»Onkelchen Lego, ich habe getan, worum mich Tevdore gebeten hat. Es ist Zeit, dass ich zu den Meinigen zurückgehe. Sie warten auf mich.«

»Tu das, mein Junge. Möge Gott deinen Weg segnen«, sagte er noch und machte sich auf.
Luka schaute ihm eine Weile hinterher, dann stieg er aufs Pferd und ritt davon.

Hinter Luka lagen Nächte voller Ängste und Zweifel, aber auch voller Geheimnisse und Wunder. Hinter ihm lag auch die Stadt, diese Welt, die er nie würde begreifen und der er nie würde angehören können. Vor ihm aber lagen die Heimat und die Geborgenheit des Vertrauten. Luka spürte, wie jede Last von ihm abfiel, und er glaubte, von einer sehr langen Reise zurückzukehren. Zurück von wo? Von drüben, von der anderen Seite? War das alles überhaupt passiert, oder hatte er es sich eingebildet im Wahn der Nacht? Doch spielte das noch eine Rolle? Er hatte die Dunkelheit durchschritten, hatte Magisches erlebt und nun war er endlich daheim. Hinter ihm lag die Welt der Wölfe, doch vor ihm die Welt der Menschen, Berge und Täler.

## Nachwort: Goderdsi Tschocheli – Ein Leben zwischen den Welten

*»Ich kam am 2. Oktober 1954 in Tuschetien im Rajon Tschochi zur Welt. Doch so ganz stimmt das nicht. Tschochi war seit jeher ein heiliger Ort, an dem auch ein Altar des heiligen Georgs steht, und so durfte man dort nicht niederkommen. Also stieg meine Mutter weiter hoch, sie wollte zu ihren Eltern ins Dorf Bursatschiri. Ich wollte mich aber nicht bis dahin gedulden, und so gebar mich meine Mutter noch auf dem Weg. Es war Herbst. Auf der anderen Seite des Flusses entdeckte meine Mutter eine Hütte. Die Hütte gehörte den Hirten, doch als Wöchnerin ließ man sie nicht hinein. Also ging sie mit mir in den Stall, wo wir die Nacht verbrachten. Wir blieben vierzig Tage in Bursatschiri, dann kehrten wir nach Tschochi zurück.«*
(Goderdsi Tschocheli über seine Geburt)

Achtzehn Jahre später, im Jahre 1972, ging Tschocheli für das Film- und Regiestudium nach Tbilissi, doch seine Heimat, das kaukasische Hochgebirge, trug er stets mit sich. Seine Herkunft ist sowohl in seinen Filmen als auch in seinen Büchern allgegenwärtig. Damit steht er in der Tradition des großen georgischen Schriftstellers Wascha-Pschawela (1861–1915), der in seinen

Werken die großen Fragen der Menschheit mit den alltäglichen und lokalen Problemen der Menschen verknüpfte. Beide Schriftsteller ließen die Riten und Traditionen ihrer gebirgigen Heimat mitsamt ihrer Natur in ihre Werke einfließen.
So ähnlich die literarischen Stoffe beider Schriftsteller auch sein mögen, umso unterschiedlicher war ihre literarische Wirkung. Tschochelis Schaffensperiode fällt größtenteils in die Zeit der Sowjetunion, als die Produktion von Literatur, Kunst und Musik von der vom Sowjetregime vorgegebenen Doktrin des sozialistischen Realismus beherrscht wurde. Ziel dieser Kulturdoktrin war es, die Bevölkerung im Geiste des Sozialismus ideell umzuformen und zu erziehen. Die Sprache sollte klar sein, die Wirklichkeit so unverfälscht wie möglich wiedergegeben und die Ideologie der Partei weitergetragen werden. Jede Abstraktion, jede Ästhetisierung war unerwünscht – Inhalt und Stil hatten sich diesen Vorgaben zu beugen. Paradoxerweise hatte gerade der sozialistische Realismus die Verklärung der kommunistisch-sozialistischen Realität zur Utopie zur Folge. Die Kunst sollte im Dienst des Volkes stehen, doch tatsächlich diente sie dem Regime als Mittel zur politischen Indoktrination, der Totalitarismus hatte damit auch den Kulturbereich erreicht. Vor diesem Hintergrund hebt sich Goderdsi Tschochelis Werk sprachlich wie auch inhaltlich deutlich von dem seiner zeitgenössischen Kollegen ab, da er es geschafft hatte, trotz jener Doktrin eine ganz eigene, ästhetische Sprache zu fin-

den, die ihn letztendlich zu einem der wenigen »unsowjetisch sowjetischen« Schriftsteller machte.
»Der scharlachrote Wolf« wurde im Spätsommer 1983 geschrieben. Die Perestroika hatte noch nicht begonnen, niemand dachte auch nur im Traum daran, dass die Sowjetunion zusammenbrechen könnte, und das Sowjetregime ließ nicht nur jeden Schriftsteller, sondern auch jeden anderen Bürger, der Kritik am Regime äußerte, hart bestrafen. Darüber hinaus fiel in diese Zeit auch ein äußerst tragisches Ereignis der georgischen Geschichte – eine Gruppe junger Georgier wurde für die erfolglose Entführung eines Flugzeugs und den Fluchtversuch aus der Sowjetunion mit dem Tode durch Erschießen bestraft (dieses Ereignis wurde von Dato Turaschwili in seinem Buch »Westflug« literarisch verarbeitet). Es war eine Zeit, in der man noch immer besonders vorsichtig sein musste, was man schreibt, denn alles, was von der Doktrin abwich, konnte zensiert werden, oder man musste gar Schlimmeres fürchten. Wie vorsichtig man sein musste, zeigt sich auch daran, dass der Verlag das Wort »rot« aus dem Titel streichen ließ aufgrund der Befürchtung, man könnte es politisch falsch interpretieren – der negative Assoziationen hervorrufende Wolf durfte nicht rot sein, denn es war die Farbe des Kommunismus, und der konnte nur gut sein.
Tschocheli entspricht mit seinen Werken, seinen Themen und seiner Sprache nicht dem typischen Bild eines sowjetischen Schriftstellers. Und so wurde er auch

wahrgenommen: als Autor und Regisseur der Berge. Seine Heimat war stets eminenter Bestandteil seines Schaffens, und er stand im engen Kontakt mit den Menschen dieser Region. Er kannte sich bestens in Gudamakari und allgemein in Mtiuleti aus, und seine Kenntnis der georgischen Mythologie und der mündlichen Überlieferungen hat ihren Niederschlag in seinem Werk gefunden. Goderdsi Tschochelis Werke zeichnen sich nicht nur durch die sprachliche Originalität und die eigene Ästhetik des Autors aus, sondern auch durch ihre Komplexität. Der rote Faden, der sich durch seine Werke zieht, verbindet drei Elemente miteinander: das lokal-ethnische, das religiöse und das allgemein weltliche. Dementsprechend findet man auch in diesem Roman die im Gudamakari-Tal lebende Bevölkerung mitsamt ihrer Umwelt, den christlichen Glauben gespickt mit heidnischen Elementen und das menschliche Dilemma zwischen Sein und Nicht-Sein. Diese Themen fließen ineinander über, streifen und überkreuzen sich – das eine ist von dem anderen nicht zu trennen. In seinen Geschichten gibt es keinen klassischen Helden, kein Happy End, keine sozialistische Utopie. Stattdessen sind sie ein Kaleidoskop aus Heute und Gestern, Traum und Realität, genau darauf beruht die literarische Ästhetik von Goderdsi Tschocheli. Die Helden in Tschochelis Geschichten kommen ebenfalls aus dem Hochgebirge. Der Autor schreibt über die Berge, über die Traditionen, die Natur, das Leben und die Geschichte dieser Region. Das alles ist als Makrokosmos angelegt und miteinander verbunden, besteht einerseits aus wahren Geschichten aus Gudamakari und streift andererseits immer wieder die Grenze zwischen Realität und Mystik, zwischen Psychologie und Parapsychologie.

*»Eine Zeit lang warfen sie mir vor, ich würde ständig über Gudamakari schreiben. Ich wollte ja über etwas anderes schreiben, doch ich konnte nicht. Dann überlegte ich und begriff, dass ich, wenn ich versuchen würde, über etwas anderes zu schreiben, nicht mehr authentisch wäre und ich besser über das schreiben sollte, was ich kenne und was mir vertraut ist: über die Menschen, denen ich auf meinem Lebensweg begegnet bin und die mich geprägt haben. Einige hinterließen mir Trauer, einige Liebe. Saint-Exupéry hat das mal schön ausgedrückt: ›Ich stamme aus meiner Kindheit.‹ Und so komme ich aus Gudamakari, und ich schreibe über ebendieses Gudamakari.«*

»Der scharlachrote Wolf« ist in gewisser Hinsicht auch ein autobiografisches Werk. Die Parallelen zwischen Luka und Tschocheli sind deutlich. Beide kamen aus Tschochi, gingen in die Stadt und hatten es sehr schwer, dort ihren Platz zu finden. Geistig konnten sie ihre Heimat nicht hinter sich lassen. Im Gegensatz zum Autor kehrt der Protagonist – man könnte fast meinen, er flüchtet – in seine Heimat zurück, die ihm trotz all der Mysterien und all der Geschöpfe, die nicht von dieser Welt zu sein scheinen, vertraut ist. Die Stadt ist nicht seine Welt, sie ist kalt und seelenlos, hier gilt nicht das Adat – das Gewohnheitsrecht, das auf Traditionen und

Riten beruht –, und so fühlt er sich allein und hilflos. Es wird nicht ganz klar, ob die Stadt ihn ablehnt oder ob es Luka selbst ist, der sie nicht annehmen will. Doch seine Rückkehr in die vertraute Heimat ist voller Hindernisse, denn er muss sich der rauen Natur der Berge und seinen eigenen Ängsten stellen. Fast hat es den Anschein, seine bergige Heimat prüfe ihn, ob er ihrer noch würdig ist.

Die Christianisierung Georgiens begann bereits sehr früh in der ersten Hälfte des ersten Jahrtausends, aber im kaukasischen Hochgebirge konnte sie sich erst viel später vollends etablieren. Wegen der Unzugänglichkeit dieses Gebiets haben sich heidnische Glaubenselemente noch bis in die Gegenwart gehalten. Oft sind sie eine synkretistische Verbindung mit dem Christentum eingegangen, die auch heute noch merkbar ist. Dass bestimmte heidnische Elemente sowie der christliche Glaube selbst dort bis heute überdauert haben bzw. während der Sowjetzeit noch praktiziert wurden, ist ebenfalls eine Folge der Unzugänglichkeit der Bergregionen. So hat sich der vom Regime gewünschte Atheismus dort nie völlig durchsetzen können. Es sind ebendiese Überbleibsel des Heidentums, die wir im »scharlachroten Worf« wiederfinden, so zum Beispiel in Form der Blume (der Vater) und des Wolfs (Tevdore).

Die Wolfsmythen der Berge und der Geisterglaube sind Ergebnis dieses Synkretismus. Der Wolf taucht bereits in der Bibel auf, und fast überall, insbesondere in Europa, ist er mit negativen Assoziationen behaftet. Der

Wolf säht (oft im Auftrag des Teufels/des Bösen) Unheil auf dieser Welt, und er hat es metaphorisch auf die Lämmer der Herde Gottes abgesehen. In der Gestalt des Wolfes fasst Tschocheli die ganze Mystik der Berge zusammen. Mischwesen aus Mensch und Wolf gibt es in vielen Kulturen und Religionen der Welt, so verwundert es nicht, dass auch im Kaukasus die Legende des Werwolfs existiert. Bereits in der georgischen Hagiografie »Das Martyrium der Heiligen Schuschanik« (Prinzessin Schuschanik wurde von ihrem Ehemann Prinz Varxenes ins Gefängnis geworfen, weil sie sich weigerte, dem Christentum abzuschwören und zum Zoroastrismus überzutreten) wird Varxenes synonymisch als »Wolf« und »Feind Gottes« bezeichnet, da er den wahren (christlichen) Gott verraten hat. Hier ist er die Personifizierung des Wolfs als jemand, der vom rechten Weg abgekommen ist. Tschocheli wollte aber nicht nur die christliche Symbolik des Wolfs aufgreifen, deswegen ist das »scharlachrot« von Bedeutung: Der Wolf ist bei ihm auch ein gesellschaftliches Phänomen und meint den wölfischen Umgang der Menschen unter- bzw. miteinander (Bosheit, Verrat, Hinterlistigkeit), also all das, was dem Autor selbst in der Stadt begegnet ist, ganz nach dem Prinzip »Der Mensch ist dem Menschen Wolf«. Die Bergwelt ist bei ihm das moralische Gegenstück zur Stadt, ein Ort, wo noch Anstand und Ehre regieren. Die Metapher des Wolfs gibt Tschocheli die Möglichkeit, die Verrohung der Moral in der sowjetischen Gesellschaft äußerst unterschwellig zu kritisieren.

*»Diesen Roman [›Der scharlachrote Wolf‹] habe ich schon früh geschrieben, und es stellte sich heraus, dass er zu einer Art Prophezeiung wurde. Später fingen die Menschen wirklich an, sich wie Wölfe zu verhalten. Diese Wolfsnaturen wurden in Georgien immer mehr, sie haben sich alles unter den Nagel gerissen, und sie begannen, dieses Land nach den Gesetzen der Wölfe zu führen. Mir scheint, es dreht sich bei ihnen einzig und allein um die Frage, was sie sich noch alles nehmen können, was sie diesem Land noch alles rauben können, wie sie es verschlingen können. Deswegen liegt mir dieser Roman ganz besonders am Herzen.«*

Mit diesem Werk wagt Tschocheli, sehr abstrahiert Regimekritik zu üben. Das totalitäre System, in dem jeder jeden denunzieren konnte und es manchmal auch musste, ließ keinen Platz für Anstand, Ehre, Moral oder Ehrlichkeit. Das System selbst bestand aus Wölfen und gebar stetig weitere Wölfe. Der Kreis der Wölfe und die Frage, ob man ihn hält oder bricht, stehen metaphorisch für die Entscheidung zwischen Konformismus und Opportunismus oder moralischer Integrität.

*»Wenn dein Glaube stark genug ist, dann geh hin und versuche, den Kreis zu durchbrechen! Wenn nicht, so füge dich deinem Schicksal und werde zum Wolf. [...] Was ist schon dabei, dass du nun ein Wolf bist? Schau dich um, du bist nur einer von vielen. Die Welt ist voller Wölfe, die Welt gehört den Wölfen.«*

Tevdores Geschichte steht bei Tschocheli bespielhaft für die Irrwege des Lebens. Sein Schicksal, der Glaube an Gott und das Dasein als Wolf stehen für die Verbindung von Christentum und Heidentum. Der Synkretismus ist in der Figur des Tevdore personifiziert. Das Gudamakari-Tal wird dominiert von zwei Wesen, den Menschen und den Wölfen. Sie koexistieren, werden zum Wolf und wieder zum Menschen. So wie Tevdore als Mensch immer wieder zwischen Sünde und Güte schwankte, so tat er es auch als Wolf. Die Welt der Wölfe ist nicht nur Sünde, sondern auch Güte, abhängig davon, wie man sich zum »System« verhält, ob man sich der wölfischen Natur vollkommen hingibt oder sich doch einen Funken Menschlichkeit bewahrt. Wolf ist hier nicht immer gleich Wolf. Tevdore findet erst seinen Frieden, besser gesagt kommt er (in Gestalt der Blume) zu ihm, als er sein Schicksal akzeptiert und somit Frieden mit sich selbst schließt.
Dieses Buch ist kein klassischer Roman, eher der Versuch einer Momentaufnahme der reichen Welt der kaukasischen Berge. Der Protagonist Luka bewegt sich, so wie auch der Autor, zwischen mehreren Welten – dem Hochgebirge und dem Flachland, dem Christentum und dem Heidentum sowie dem sozialistischen Atheismus, der Stadt und dem Land, der Tradition und der Moderne. So war auch Tschocheli selbst stets auf der Suche nach seinem Platz in dieser Welt. Wie schwer er sich damit tat, zeigt sich auch in seinem tragischen Leben. Die letzten Jahre seines Lebens kämpfte er mit

Depressionen, nach einem missglückten Suizidversuch verschlimmerte sich die Erkrankung. Am 16. November 2007 verstarb er in Tbilissi.
Obwohl die Religion in seinem Werk eine zentrale Rolle spielt, kann man nicht sagen, dass er gläubig war. Viel eher versuchte er, den Glauben auf philosophischer Ebene zu verstehen. Die zentrale Frage, die ihn beschäftigte, war die Frage nach dem Sinn des Lebens. In einem seiner wichtigsten Werke »Die menschliche Traurigkeit« spricht er besonders lakonisch über das Dilemma von Sein und Nicht-Sein:

*»Das Leben ist Traurigkeit, die Traurigkeit zu sein. Der Tod ist ebenfalls Traurigkeit, die Traurigkeit, nicht zu sein. Leben und Tod sind ein einziges großes und unendliches Sein.«*

Anastasia Kamarauli

Titel der Originalausgabe
»Der rote Wolf«/ »წითელი მგელი« in:
*Vier Romane – Erzählungen* / ოთხი რომანი – მოთხრობები
von Goderdsi Tschocheli


The book was published in the frames of the program Georgia the Guest of Honour country at the 2018 Frankfurter Buchmesse with the support of the Georgian National Book Center and the Ministry of Culture and Sport of Georgia.

GEORGIAN NATIONAL BOOK CENTER

MINISTRY OF CULTURE AND SPORT OF GEORGIA

Georgia
Made by Characters
Ehrengast Georgien
Frankfurter Buchmesse 2018

FSC
www.fsc.org
MIX
Papier aus verantwortungsvollen Quellen
FSC® C014496

Deutsche Erstausgabe

Herstellung und Umschlaggestaltung: Laura J Gerlach
unter Verwendung eines Umschlagmotivs
von © iStockphoto/bruev
Satz: psb, Berlin
Druck und Bindung: GGP Media GmbH, Pößneck
Printed in Germany
ISBN 978-3-627-00256-5